書下ろし

鳶《とび》

新・戻り舟同心③

長谷川 卓

祥伝社文庫

目次

根津権現
不忍池
根岸
下谷御箪笥町
煮売り酒屋《おはま》
新堀川
浅草寺
吾妻橋
北本所表町
鳶一味の塒
石原新町
鳶一味の塒
本所
北割下水
神田川
駿河台
回向院
南割下水
両国橋
相生町
大川
竪川
横川
江戸城
南町奉行所
新大橋
小名木川
八丁堀
亀久橋
仙台堀
永代橋
深川
鉄砲洲
大和町
数寄屋橋御門
神明町
水茶屋《葉月》
金杉橋
北
西
東
南
「鳶」の舞台

下谷・神田界隈
不忍池
池之端仲町
神田佐久間町二丁目
鳶一味の塒
三味線堀
密蔵院
浅草阿部川町
豊島町
茶屋《萩ノ屋》
新シ橋
筋違橋
昌平橋
八辻ヶ原
神田鍋町
神田小泉町
紺屋町
居酒屋《半富》
伊勢町堀
小伝馬町
浜町堀
高砂町
日本橋
江戸橋
麹町
赤坂田町
料理茶屋《常磐亭》
食傷町
増上寺
高輪大木戸

「戻り舟同心」シリーズ 登場人物

【南町《みなみまち》奉《ぶ》行所《ぎょうしょ》永尋《ながたずね》掛《がか》り】

永尋掛り同心《どうしん》——二《ふた》ツ森《つもり》伝次郎《でんじろう》
御用聞き——神田鍋町《かんだなべちょう》の寅吉《とらきち》（鍋寅《なべとら》）
鍋寅の手下《てか》——隼《はや》、半六《はんろく》
永尋掛り同心——染葉忠右衛門《そめはちゅうえもん》
御用聞き——稲荷町《いなりちょう》の角次《かくじ》
角次の手下——仙太《せんた》
永尋掛り同心——河野道之助《かわのみちのすけ》
御用聞き——天神下《てんじんした》の多助《たすけ》
永尋掛り同心——花島太郎兵衛《はなしまたろべえ》
永尋掛り同心——一ノ瀬八十郎《いちのせはちじゅうろう》：古流古賀流の遣い手
八十郎の娘——一ノ瀬真夏《まなつ》：古流古賀流の遣い手
永尋掛り詰所《つめしょ》勤め——近《ちか》：堀江町《ほりえちょう》の畳表《たたみおもて》問屋《布目屋《ぬのめや》》の元内儀《ないぎ》
永尋掛り下働き——安吉《やすきち》：元掏摸《すり》

【南町奉行所】

定廻《じょうまわ》り同心——二ツ森新治郎《しんじろう》：永尋掛り・二ツ森伝次郎の息《そく》
妻女——伊都《いと》
息——正次郎《しょうじろう》：伝次郎の孫
御用聞き——堀留町《ほりどめちょう》の卯之助《うのすけ》
卯之助の手下——江尻《えじり》の房吉《ふさきち》
例繰方《れいくりかた》同心——染葉鋭之介《えいのすけ》：染葉忠右衛門の息
奉行——坂部肥後守氏記《さかべひごのかみうじのり》
内与力《うちよりき》——小牧壮一郎《こまきそういちろう》
年番方《ねんばんかた》与力——百井亀右衛門《ももいかめえもん》
定廻り筆頭同心——沢松甚兵衛《さわまつじんべえ》

【その他】

澄《すみ》：竹河岸《たけがし》の居酒屋《時雨屋《しぐれや》》女将《おかみ》、伝次郎にぞっこん
登紀《とき》：小網町《こあみちょう》の船宿《磯辺屋《いそべや》》仲居、鍋寅の贔屓《ひいき》

本作の登場人物

「鳶《とび》」

鳶：闇の口入屋《くちいれや》
宗助《そうすけ》：鳶の片腕
簑吉《みのきち》：鳶の手下
懸巣《かけす》の尚兵衛《しょうべえ》：鳶配下の殺しの請け人
青墓《あおはか》の忌左次《きさじ》：鳶配下の殺しの請け人
霞《かすみ》の得兵衛《とくべえ》：鳶配下の殺しの請け人
　青墓の忌左次と組んで《渡《わた》し守《もり》》という名で
　仕事を請け負う
丙左衛門《へいざえもん》：鳶と懇意《こんい》にしている闇の口入屋
浦辺安斎《うらべあんさい》：横山同朋町《よこやまどうぼうちょう》に道場を構える老剣客《けんかく》
梶山文之進《かじやまぶんのしん》：南町奉行所高積見廻《たかづみみまわ》り同心
梶山倫太郎《りんたろう》：文之進の息、正次郎の友
元木場町《もときばまち》の弥吉《やきち》：御用聞き
竹町《たけちょう》の三五郎《さんごろう》：御用聞き
　三五郎の手下――酉助《とりすけ》、常松《つねまつ》

「犬の暮らし」

南蛮《なんばん》の秀治《ひでじ》：定廻りの下働き
一本松《いっぽんまつ》の元吉《もときち》：秀治に恨《うら》みをもつ男
天秤《てんびん》の丑松《うしまつ》：元吉と気脈《きみゃく》を通じている男
　丑松の手下――弥太郎《やたろう》
伊左衛門《いさえもん》：神明前《しんめいまえ》の元締《もとじめ》
　伊左衛門の配下――桐畑《きりはた》の五平《ごへえ》、亀蔵《かめぞう》

第一話　鳶《とび》

序

千住《せんじゅ》から上野《うえの》の御山を抜け、下谷《したや》の御成街道《おなりかいどう》に至る道筋を、奥州街道裏道《おうしゅうかいどううらみち》と言う。その道筋に軒《のき》を連《つら》ねる坂本町《さかもとちょう》三丁目と四丁目を西に入った下谷御箪笥町《おたんすまち》に、小体《こてい》な煮売り酒屋《おはま》がある。客は、寺社の寺男や、寮番や近間《ちかま》の衆で、よくて五分の入りの日が多かった。

寮番の老爺《ろうや》が、入れ込みの隅で湯豆腐を肴《さかな》に酒をちびちびと飲んでいた。いつものように誰とも交《まじ》わらず、独《ひと》りで杯《さかずき》を傾《かたむ》けている。暗い酒だった。量を飲む訳ではない。二合の酒を、豆腐《とうふ》か小魚の焼き物か煮物で飲み、番をしている根岸《ねぎし》の寮に戻って行く。根岸は目と鼻の先であった。

足繁《あししげ》く通って来る上客ではなかったが、店に付いている客である。女将《おかみ》は、普段はあまり愛想《あいそ》をしないのだが、偶《たま》には、と小松菜と油揚げの煮物を小鉢《こばち》に取り、試してくださいな、と老爺に声を掛けた。

老爺の名が作兵衛《さくべえ》であることも、寮の番人であることも、知っていた。作兵衛は、女将と小鉢を見比べると、済まねえな、と言い、早速箸《はし》を付け、いい味だ、と言った。

「ありがとよ」

へえ、と女将は、見直す思いで老爺を見た。もう少し偏屈《へんくつ》かと思っていたのである。

「何だか溜息《ためいき》を吐《つ》いているような気がしたので、どうしたのかと思って」

心にもないことだった。

そいつは心配させちまったな、何ね、と言って老爺は杯の酒を飲み干すと、ほんの少しなんだけどよ、と言った。

「生きているのが面倒《めんどう》だな、って思っていたんだよ」

「嫌ですよ。そんな弱気なこと仰《おっ》しゃっちゃ」

「年なんだろうな。つくづくそんなこと、思ってよ」

「………」

弱ったね。面倒なのはお前だよ。何と言って、離れようかと思案《しあん》していると、馴染《なじ》みの客が女将を呼んだ。酒がねえぞ。

ちょいとお待ちを。渡りに舟と離れた女将を見送りながら、こんな暮らしに飽きちまったんだよ、と作兵衛が呟《つぶや》いた。寮の留守番と空き家にしている借家の見回りが、作兵衛に割り当てられた役目だった。

作兵衛は本当の名ではない。本名は尚兵衛《しょうべえ》。それに二つ名の懸巣《かけす》が付いた懸巣の尚兵衛と言えば、七、八年前までは江戸と大坂の、金で殺しを請け負う闇《やみ》の口入屋《いれ》の間では、殺しの請け人として少しは知られた名であった。三十年程の間に男衆八人、女衆六人の十四人と年寄りの侍《さむらい》一人を手に掛けている。女と猫は、殺すと化《ば》けて出るから嫌だ、と言う請け人が多いが、尚兵衛は平気だった。

だが、殺しを請け負うには年を取ってしまった。尚兵衛は今年で六十七歳である。七年前は六十。当時は身体が動いた。この七年で確かに衰《おとろ》えている。四年前に、あるお店《たな》の内儀《ないぎ》殺害を頼まれたのを最後に、殺しの依頼は来ていない。闇の口入屋の元締《もとじめ》である《鳶《とび》》が、話を持って来ないのだ。殺しに不備があった訳ではないはずだ。俺の年を案じてのことだろうが、しくじったとしても、手前《てめえ》一人で罪を被《かぶ》って逃げ切るだけの自信もあれば、元締や一家の者を巻き込まないだけの覚悟もある。駆《か》け出しの請け人とは年季《ねんき》が違う。

とは言っても、年は年だ。闇の世界から身を引こうとした俺に、寮番や隠れ家の見回りという仕事をくれたのは鳶の元締だった。請け人の呼吸や機微《きび》を飲み込んでいるお前さんに助けてもらえれば、鬼に金棒だ。

請け人稼業《かぎょう》でしくじれば、命はない。蓄《たくわ》えようという気は更々《さらさら》なかった。稼《かせ》いだ金は皆使ってしまっていた。元締の話を受けた。この稼業の端《はし》っこにいられるだけで満足だった。だから、おとなしく役目を果たしてきたんだが、このところ、どうした訳か、咽喉《のど》が渇《かわ》き切っちまったような気がする。ひりひりするような、殺しの瞬間を、もう一度味わいたくなってしまっていた。

刺す。刺した千枚通《せんまいどお》しを、肉が包み、締める。肉が縮まるのだ。千枚通しを肉が摑《つか》んで、飲み込もうとするのだ。それを力任せに引いて抜く。血が棒のようになって付いて来る。あの瞬間だ。ああ、俺は生きているんだな、と感じられるのよ。もう一度だけでいい。あんな気持ちになってみてえ。いいんだよ。御縄になっちまってお仕置きになろうともよ。どうせ長くねえ命だ。殺《や》りてえんだよ。

尚兵衛は銚子《ちょうし》に残った酒を乱暴に飲み干すと、銭を盆《ぼん》に置き、煮売り酒屋を出た。

明後日は鳶の使いで料亭に行く用があった。てめえの用ではない。元締の用である。間違っても、粗相《そそう》やしくじりがあっちゃならねえ。明日は酒を断《た》ち、寮に籠《こ》もっているつもりだった。息苦しいまでに己に厳しいのが尚兵衛であった。

二日後、尚兵衛は赤坂田町《あかさかたまち》二丁目の通りを歩いていた。下谷御箪笥町の煮売り酒屋の女将が擦《す》れ違ったとしても、気が付かないかもしれない。それだけ身形《みなり》も、醸《かも》し出す雰囲気《ふんいき》も違っていた。

月に一度、赤坂田町の料理茶屋《常磐亭《ときわてい》》に顔を出し、江戸の闇を牛耳《ぎゅうじ》り、鳶と密《ひそ》かに気脈《きみゃく》を通じ合っている元締衆からの文《ふみ》を受け取るのである。尚兵衛は鳶と《常磐亭》の繋《つな》がりを知らない。鳶の息が掛かっているとは聞いていたが、知っているのはそこまでだった。余計なことは聞かない。それが長生きの秘訣《ひけつ》だと知っていた。長生きしようとは、思っていなかったが。

《常磐亭》の奥に通され、文を預かり、料理茶屋を後にした。茶の一杯も馳走《ちそう》にならず、余計なことは話さずに帰る。鳶に言われていたことだった。尚兵衛は、それを守っていた。言われたことは守り、食《は》み出さない。それが尚兵衛だった。

その尚兵衛を物陰から見ている者らがいた。《常磐亭》に文を預けた元締衆の一人と配下の者である。

「後を尾《つ》けましょうか」配下の者が訊《き》いた。

ならねえ、と元締が言った。

「間違っても、あの男を尾けちゃならねえ。鳶は、そうしたことを好《この》まねえし、尾けさせるあの男でもねえ」

文が届くと分かればいい。元締は言うと、ふっ、と顔を曇《くも》らせ、

「間もなく年が明ける。鳶の元締には早く戻ってもらわねえと、間に合わねえぞ」

吐き捨てるように言った。

それから半月余が過ぎた――。

一

文化《ぶんか》四年（一八〇七）一月十五日――。

新たな年が明けたというのに、南町奉行所永尋掛り同心《みなみまちぶぎょうしょながたずねがかりどうしん》・二ツ森伝次郎《ふたつもりでんじろう》は、昨年の十一月に起こった島帰りの幹三郎《みきさぶろう》の一件と、島送りまでの日々を大叔父に預けられている十一歳の梅吉《うめきち》の一件を時折思い出しては、溜息を吐いていた。幹三郎は誤《あやま》って殺してしまった男の倅《せがれ》に刺し殺され、梅吉は貧しいからと母を診《み》ようとしなかった医者を、九歳の時に付け火で襲い、さらにその二年後に出刃《でば》で刺し殺してしまった。ともに恨《うら》みが原因《もと》となった事件であった。

「それだけ人の恨みってやつは、深いんだな」

「淡雪《あわゆき》のように、ちいっとお日様が昇ってくれれば解《と》けっちまうようには、いきやせんですね」

御用聞《ごようき》きの鍋寅《なべとら》こと神田鍋町《かんだなべちょう》の寅吉《とらきち》が、熱い茶を啜《すす》りながら訳知り顔をして見せた。

永尋掛りの詰所《つめしょ》の中は、窓障子《まどしょうじ》を透《す》かして射《さ》し込む朝の光に溢《あふ》れていた。

茶を配り終えた近《ちか》が、上がり框《がまち》に腰を下ろしながら言った。

「そりゃあ、忘れられるもんじゃござんせんからね」

近の身に起こった一件は、『《布目屋《ぬのめや》》お近』に詳しく書いたが、二十年も昔のことになる。堀江町《ほりえちょう》の畳 表問屋《たたみおもて》《布目屋》に盗賊・鬼火《おにび》の十左《じゅうざ》一味が押し入り、《布目屋》の家族、番頭、手代ら十一人を殺した上、蔵の金一千三百両あまりを盗んで逃げ果せたのだ。内儀であった近も、背を袈裟《けさ》に斬《き》られて血の海に横たわっていたが、運良く命長《おお》らえた後は、町の辻に座り、独力で己に刃《やいば》を浴《あ》びせた賊を探し続けていたのである。

「この身が灰になろうとも、恨みは残りますですよ」

「それが、人ってものかもしれねえな」

伝次郎が頷《うなず》くのを見て取った鍋寅が、腰を浮かせた。それに合わせて、手下《てか》の隼《はや》と半六《はんろく》が素早く立ち上がり、湯飲みを集めた。

「一回りいたしやしょうか」鍋寅が伝次郎に言った。

「仕方ねえ。行くか」

市中の見回りは、定廻《じょうまわ》りが順路を決めて回っている。外れたところは、臨時《りんじ》廻りが見ている。永尋は、命《めい》がなければ気儘《きまま》に見回路《みちすじ》を選べた。

さて、どこに行くか。

雨や雪で、天気が崩《くず》れる気配はなかった。それは、ここ暫《しばら》く続いていた。日のあたる大通りなどは、隅《すみ》のほうは泥に汚れた雪が残っていたが、真ん中辺《あた》りは乾き始めており、行き交《か》う人の顔も和《やわ》らいできている。

ありがたいことだった。

「今のところ、差し迫ったこともねえから」と伝次郎が、一ノ瀬真夏《いちのせまなつ》に言った。

「行きたいところがあったら、見回りを休んでもいいぞ」

一ノ瀬真夏は、永尋掛り同心・一ノ瀬八十郎《はちじゅうろう》の娘で、古流古賀《こりゅうこが》流の遣《つか》い手だった。父娘で永尋掛りに就《つ》いていることになる。

真夏は一瞬迷った後、でしたら、と伝次郎の申し出を受け入れた。

横山同朋町《よこやまどうぼうちょう》に道場を構《かま》える浦辺安斎《うらべあんさい》先生をお訪ねしてこよう。既《すで》に月の半《なか》ばになるというのに、まだ年明けの挨拶《あいさつ》を申し上げていないことが気になっていたのだ。

鎌倉河岸《かまくらがし》辺りから昌平橋《しょうへいばし》辺りを見回ることにした伝次郎らと一石橋《いっこくばし》の北詰で別れ、真夏は荒布橋《あらめ》、親父橋《おやじ》を渡り、東に向かった。

序《つい》でのことだ。例の浜町堀《はまちょうぼり》沿いの高砂町《たかさごちょう》の家を見ておこうか――。


闇の口入屋・鳶が、関谷上総守《せきやかずさのかみ》用人《ようにん》・高柳三右衛門《たかやなぎみつえもん》の依頼を受け、伝次郎と花島太郎兵衛《はなしまたろべえ》に向けて刺客《しかく》を放った一件は、先に『父と子と』で語っておいた。

そもそも闇の口入屋・鳶が伝次郎ら永尋に関わりを持つようになったのは、『逢魔刻《おうまがとき》』の一件に端《たん》を発する。梅毒《ばいどく》に苦しむ継嗣隆之介《けいしりゅうのすけ》を救わんと、藁《わら》にもすがる思いで、小姓番組頭《こしょうばんくみがしら》関谷上総守は、子供の生き肝《ぎも》を用いた秘薬に手を出した。度重《たびかさ》なる子供のかどわかしから、生き肝で一儲《ひともう》けを企《たくら》む者どもがいることを知った伝次郎らは、取引に関わった者どもを捕らえるとともに、秘薬の顧客《こきゃく》らをも探り出した。上総守は御役御免《おやくごめん》の上隠居、隆之介は切腹《せっぷく》を仰《おお》せ付けられ、一件は落着《らくちゃく》した。

上総守が伝次郎らに深い恨みを抱いたことは間違いがないところだろう。だが、上総守は自ら動いて、伝次郎らを付け狙《ねら》ったりはしなかった。

上総守の組下の者ども、また関谷家の用人であった高柳三右衛門が、伝次郎らを亡《な》き者にせんとして、蠢動《しゅんどう》を続けた。

組下の者どもは、上総守の説諭《せつゆ》を受けて仇討ちを諦めたが、高柳の依頼を請けた鳶は執拗に二人を狙った。伝次郎と太郎兵衛に差し向けられた殺しの請け人、池永兵七郎《いけながへいしちろう》、藤森覚造《ふじもりかくぞう》、赤堀光司郎《あかぼりこうじろう》、七化《しちば》けの七五三次《しめじ》は責問《せめと》いに掛けられ、鳶とその二人の手下、宗助《そうすけ》と蓑吉《みのきち》の名と、高砂町と亀戸《かめいど》村の隠れ家を吐いた。高柳は、子飼いの請け人らが次々と破れ、身の危険を感じた鳶によって殺された。鳶の行方は杳《よう》として知れなかった。

姿を消した鳶らの消息《しょうそく》を尋《たず》ね、伝次郎らは、判明した隠れ家の見張りを続けていた。四月《よつき》の間見張っていたのだが、一向《いっこう》に姿を現わさない。江戸を離れているのだろうか。

真夏が葭町《よしちょう》を通り、道幅三間（約五・四メートル）の玄冶店《げんやだな》を擦り抜け、駕《か》籠屋新道《ごやじんみち》の中程に差し掛かった時だった。浜町堀沿いの道から新道に折れ込んで来た男が、銜《くわ》えていた爪楊枝《つまようじ》を吹き飛ばした。横顔がちらりと見えた。見覚えがあった。鳶の手下の蓑吉だった。真夏はこれまでに二度、蓑吉を見ていた。殺しの請け人・赤堀光司郎の塒《ねぐら》近くと、桜河岸《さくらがし》で太郎兵衛が七五三次らに襲われた時、遠巻きにして見ていた者らの中に、確かにいた。その折も、爪楊枝を銜えていた。癖《くせ》になっているのだろうか。

(尾けるか……)

このままでは正面から鉢合わせをしてしまう。身を隠す場所を探した。煮売り屋があった。真夏は飛び込み、目の前にあった鉢のものを指《さ》した。

「これを」

油揚げと大根と葱《ねぎ》の煮物であった。

包んでもらっている間に、蓑吉が店の前を行き過ぎた。

そっと後を尾けた。簑吉は新道を出ると、北へと、神田堀《かんだぼり》のほうへと歩き始めた。

通りの角口から顔の半分を覗《のぞ》かせて簑吉の後ろ姿を見ていた真夏の肩が、そっと叩《たた》かれた。

はっ、と息を凝《こ》らし、身を固めた真夏に、何をしておられるのかな、と問う声がした。浦辺安斎であった。

「先生」

安斎は、ひょいと手に下げていた浅蜊《あさり》の時雨煮《しぐれに》を持ち上げ、嬉《うれ》しげに笑って見せた。竈河岸《へっついがし》まで時雨煮を買いに来た帰りなのだろう。真夏は素早く挨拶をし、首を回して箕吉を探した。一本道をずっと歩いている。

真夏は通りに出ると、安斎にあの者を尾けているのだと打ち明けた。

「ならば、儂《わし》が尾けよう。こう言っては何だが、そなたは目立ち過ぎる」

確かに、時折振り返って見られることがあった。

「間を空けて、付いて来られよ。呼ぶ時は手招きをするでな」

歩き掛けて、竈河岸からの帰り道をふと変えてみたのだが、儂の勘《かん》もまだ衰えてはおらぬようだな。胸を反《そ》らすと、それは何か、と真夏が下げている経木《きょうぎ》を指した。求めたものと、求めた訳を話した。

「それは汁が垂れよう。少し身体から離して持つがよいぞ」

「それより先生、早く追わないと見失います」

「案ずるな。あの歩き方はどこかで曲がる歩き方ではない」

「ですが、知り人が現われぬとも限りません」

「そうか。では、な」

言うや安斎は、ひょこひょこと身軽に簑吉との間合を詰めていった。

簑吉はそのまま大門通《おおもんとお》りを行き、甚兵衛橋《じんべえばし》を渡ると柳原《やなぎわら》通りを横切って和泉《いずみ》橋で神田川《かんだがわ》を越え、西に向かった。

途中さり気《げ》なく三度程振り返ったが、安斎の尾行に気付いた様子もなく神田佐《さ》久《く》間町《まちょう》二丁目、一丁目と行き、糸問屋と書物《かきもの》問屋の間の小路《こうじ》を曲《ま》がった。小路は行き止まりになっており、蓑吉は奥手前の仕舞屋《しもたや》に入って行った。

恐らくここが、蓑吉の塒か、鳶一味の塒なのだろう。

そう思うと直《す》ぐにも詰所に駆け戻りたかったが、まだ昼にもなっていない。帰っているはずがなかった。伝次郎らは八辻《やつじ》ヶ原《がはら》の南を見回ると言っていたから、遠くにいる訳ではない。

真夏は尾行をしてもらったのに礼もせず申し訳ないが、と詫《わ》び、永尋の者らが近くにいることを告《つ》げ、後日伺《うかが》う事を約した。新年の挨拶代わりにと経木に包まれた総菜を渡し、深く頭を下げて安斎を見送ると、八辻ヶ原に向かった。

真夏は八辻ヶ原に立って、原の南に広がるお店《たな》と内《うち》神田のお店を見渡した。視界の半分は大名屋敷の上屋敷の土塀に遮《さえぎ》られていたが、残りの半分は町屋の甍《いらか》が遠く続いていた。

広い。

改めて、江戸は広いと感じた。どこをどう探せばよいのだ。思案に暮れかかった時、ふと正次郎《しょうじろう》の顔が浮かんだ。

正次郎ならどこから探すだろう。彼には、伝次郎の居所を読み当てる不思議な才があった。正次郎は伝次郎の孫で、今は本勤並《ほんづとめなみ》として奉行所に出仕《しゅっし》し、各職《しょく》掌《しょう》に就《つ》いて役割を学んでいるところだった。正次郎の得意げな顔を思い浮かべながら、言いそうなことを考えてみた。

「ぬかるんだところは歩きたがりません。多分、餅《もち》を食べられる茶店《ちゃみせ》の奥にいると思われますが、もしかすると蕎麦《そば》屋の二階に上がっているかもしれません。でも、茶店や蕎麦屋にいても心配ありません。口は塞《ふさ》がっていても目と耳は開いています。歌って踊って通りを行けば、そこら辺りから必ず出て来ます」

真夏は頷き掛けて、歌うのか、踊るのか、私がか、と思わず呟いてしまった。

「実《まこと》か」声に出たらしい。横を通り過ぎようとした町屋の者がびっくりしている。

真夏は顔を背《そむ》けると、空咳《からぜき》をし、とにかく、と己に言った。探そう。

日本橋《にほんばし》に抜ける大通りは避けて西に寄り、連雀町《れんじやくちよう》と須田町《すだちよう》の間の通りに入り、後は大きな角ごとに気の向いたほうに曲がる。特段の分別《ふんべつ》がある訳ではない。とにかく、そうしてみることにした。

ゆっくり四囲《しい》を見回しながら歩く。既に四半刻《しはんとき》（約三十分）は歩いているが、それらしい人影はない。

やはり歌を歌うか、踊るしかないのか。

端唄《はうた》も小唄《こうた》も知らない。踊りは村祭りの盆踊りしか踊れない。

唸《うな》り声を上げようとした時、聞き慣れた声が路地から聞こえて来た。鍋寅が半六を叱《しか》る声だった。

通りの中程に立ち、破顔《はがん》して一行が路地から出て来るのを待っていると、真夏に気付いた隼の顔が笑《え》み割れた。

「真夏様」

隼の声に驚いて、後ろから進み出て来た伝次郎が、どうした、と訊いた。何かあったのか。

「見付けました」

「待て」伝次郎は真夏を制すると、急いで近付き、言え、と言った。「小声でな」

「蓑吉です。鳶の手下の」

「何だとぉ」伝次郎の声が通りに響いた。

伝次郎らは、和泉橋を渡って、神田佐久間町一丁目の仕舞屋へ向かった。それまでに真夏が、爪楊枝の男に気付いてからのことをすべて話した。

鳶は蓑吉に隠れ家を時折見に行かせていたってことか。闇の口入屋と言われる者が、そんな危ない橋を渡るものなのか。

伝次郎は、真夏の話を聞きながら首を捻《ひね》った。

去年の八月末、亀戸と高砂町の隠れ家には調べに入り、見張りも置いた。だが、鳶の身内らしい者の接触はなかった。請け人が捕らえられたことは知っているのだ。誰かが口を割ると分かっているはずだった。それでも、四か月我慢して見張りを続け、もう来ないと断じて、見張りを解いたのだが、それが早かったということなのか。簑吉は、隠れ家に出入りすることはなかったが、高砂町の様子をそれとなく見張っていたのだろうか。真夏が、序でだからと見に行かなければ、見逃していたところだった。

「礼を言うぜ」

伝次郎に倣《なら》って鍋寅らも頭を下げた。真夏が慌《あわ》てて礼を返した。

「旦那《だんな》」と隼が言った。「何で今更《いまさら》、蓑吉は隠れ家を見に行ったんでしょう?」

「それよ。それが俺にも分からねえんだ」

「あのう……」半六だった。

「言ってみな」

「隠れ家に寄る気も見る気もなかったんですが、近くに来たもので、ふと思っちまったんじゃないでしょうか。今、どうなっているのかと」

「馬鹿野郎。てめえと同じだと思うんじゃねえ」鍋寅が毒《どく》づいた。

「旦那」と、今度は隼が言った。「蓑吉という男は、以前、真夏様に見られていたことを知っていたはずです。その蓑吉が隠れ家を見に来た。これは、どういうことなんでしょう？　面が割れてないと思っているんでしょうか」

「嘗《な》めてくれているんだろうぜ」鍋寅が言った。

「爪楊枝よ。てめえがあの癖に気付いていないので、面が割れてると言っても、そう簡単には思い出すめえ、と高《たか》を括《くく》っているのかもしれねえぜ」

「ところが、楊枝を銜えている時に、真夏様に出会《でくわ》した」隼が嬉しそうに早口になった。

「悪いことは出来ねえように、お天道様《てんとさま》は見ていてくださるのよ」

大きく頷こうとした鍋寅に伝次郎が、ここらを縄張《なわば》りにしている御用聞きで筋のいいのは誰か、と訊いた。

「そりゃもう、竹町《たけちょう》の三五郎《さんごろう》でしょう」

本郷《ほんごう》一帯を縄張りにしている菊之助《きくのすけ》親分にみっちり仕込まれ、五年前に独り立ちした、生きのいい男でさあ、と鍋寅が言った。

「年の頃は四十の手前。女房にやらせている煎餅《せんべい》屋が当たっているお蔭か、町の衆に集《たか》ろうなんて素振《そぶ》りはこれっぽっちもねえ、悪い噂《うわさ》のない男でございやす」

竹町は神田花房町《はなぶさちょう》と神田仲町《なかちょう》一丁目の辺りに竹を商《あきな》う者が多く住んでいたために、そう呼ばれていた町名だった。竹町と佐久間一丁目とは、三町（約三百二十七メートル）と離れてはいない。三五郎は、この神田花房町と佐久間二丁目と一丁目を縄張りとしていた。

「詳しいな」

「菊之助親分とは親しくさせていただいたもので……」

「信は置けるか」

「あっしが保証いたしやす」

「三五郎を、呼んでくれ。いなかったら、俺の名を出して、夕刻南町《みなみ》まで出張ってくれるようにな」

「へい」鍋寅が半六に顎《あご》を振った。頼むぜ。聞き終えた時には、半六の足は宙にあった。

「来るまでに、ちいと聞いておくか」

見張りに真夏と隼を残し、伝次郎は鍋寅を供に佐久間町一丁目の自身番《じしんばん》に向かった。

　小路入り口の両脇にある糸問屋と書物問屋についてと、小路の中に住まいする者について、あっさりと訊いた。詳しいことは三五郎に訊けばいい。

　蓑吉が入った仕舞屋は、四年前までは紙入れや煙草《たばこ》入れなどの袋物を商う店であったが、亭主が病《やまい》勝ちになったのを潮《しお》に店を畳んだ。その後を借り受けたのが、大坂の筆墨硯《ひつぼくすずり》問屋《近江屋《おうみや》》久兵衛《きゆうべえ》で、大坂に住まう久兵衛が留守の間、番をしているのが朝吉《あさきち》こと蓑吉であることが分かった。

「その久兵衛ってのが……」鍋寅が続く言葉を飲み込んだ。

「鳶だろうな」伝次郎がさらりと言った。

「真夏様、お手柄でございます」

　隼が更に言葉を重ねようとした時、鍋寅の声が飛んだ。来たぞ。駆け寄って来る半六の後ろに、三五郎と手下なのだろう。三人の姿が見えた。

　半町程手前で半六らの足が、歩みに変わった。同心の目の前に走り込んだのでは、何ごとか、と行き交う町屋の衆が目を剝《む》いてしまう。

　伝次郎は物陰に身を引くようにして三五郎らを迎えた。身の軽そうな目玉のぎよろりとした男が頭を下げ、名乗った。三五郎だった。続けて三五郎が手下の二人、酉助《とりすけ》と常松《つねまつ》の名を告げた。背の高い方が酉助で、ずんぐりした方が常松だった。伝次郎は、突然済まなかったな、と詫びてから、ちぃと教えてくれ、と小路を指し、仕舞屋のことを尋ねた。流石《さすが》に縄張り内である。一通りは知っていたが、自身番で教えられた以上のことは知らなかった。

「留守居の男の動きを見張りたい。糸問屋と書物問屋のどちらかにしようと思うんだが、どっちがいい？」

「でしたら、《翁屋《おきなや》》さんをお勧《すす》めいたします」

《翁屋》は書物問屋の方であった。訳を訊いた。

「二階の窓でございます」

窓から、斜めに十四間（約二十五メートル）先にある仕舞屋の門口がよく見えた。

「二階を借りられるか、口を利《き》いてもらえねえか」

「お安い御用でございます」

前の通りで重追放の悪い奴の姿を見た者がいるとか、訳は適当に言い繕《つくろ》ってくれ。

話は直ぐに付き、裏から二階に上がった。眼下に小路が広がり、仕舞屋が見えた。

「こいつはいいや」

一声吠《ほ》えそうになっている鍋寅を制して伝次郎が、どうだ、と鍋寅に言った。

「三五郎親分にも手伝ってもらおうか」

鍋寅の顔が引き締まり、ありがてえ、と身を乗り出した。

「今、あっしの方からお頼みしようかと思っていたところでした」

「そうかい」伝次郎は三五郎らに向きを直すと、俺たち永尋掛りは、と言った。

「戻《もど》り舟《ぶね》と言われているように、元々ある奉行所の掛りの外《ほか》だ。大所帯《おおじょたい》でやってる訳じゃねえ。助《す》けてもらえるとありがたいんだが」

「とんでもねえお言葉です。あっしらのような駆け出しに勿体《もったい》ねえ」

三五郎に倣って、手下の二人が頭を下げた。

「やってもらいたいことは、仕舞屋に出入りする者がどこの誰かと、朝吉、本当の名は蓑吉がどこに行くかを確かめること、だ」

「その朝吉、いえ、蓑吉ですが、何をやらかしたんで？」

「金で殺しを請け負う闇の口入屋ってのがいる。蓑吉は、その手先だ」

鳶と呼ばれる闇の口入屋のこと。鳶に依頼された殺しの請け人らのこと。捕縛《ほばく》された請け人らが口を割り、鳶らの名が割れたこと。その鳶らは恐らく江戸を売り、どこぞで息を潜めているであろうことなどを話した。

「その一味の者が、あの仕舞屋にいるのよ」鍋寅が咽喉を鳴らした。

「もしかすると……」三五郎が目玉を忙《せわ》しなく動かし、伝次郎を、鍋寅を、その後ろにいる真夏を、隼を、半六を見回し、その、親玉の鳶ってえのが現われるとか、と言った。

「出て来てくれたら占《し》め子《こ》の兎《うさぎ》。捕まえるだけよ」

「そんな大物だとは、思いませんでした」三五郎が少し身を縮めながら言った。

「いやか」伝次郎が見詰めた。

「まさか。逆でございます。志《こころざし》なんて大層なもんじゃございませんが、十手《じって》を預かろうと決めた時から、この世の悪をお縄にして、真《ま》っ当《とう》に生きている衆のお役に立ちたいと念じて来たんです。手伝わせてください」

改めてお願いいたします。三五郎が畳に手を突いた。手下の二人も、紅潮《こうちょう》した頬《ほお》を親分に遅れじと下げている。

「よく言った。それでこそ竹町の三五郎よ」

改めて、互いが名乗り合った。真夏の名と、女ながらも永尋掛りにいることは三五郎らも噂で知っていたが、目の前にして驚き、慌てて平伏していた。

この日と翌日の見張りを三五郎に頼むと、伝次郎は奉行所に取って返し、天神《てんじん》下《した》の多助《たすけ》や孫の正次郎を呼び集め、手伝うように言った。正次郎は、この日は非番だったが、年明けから新たに配属されている《高積見廻り《たかづみみまわ》》の書類を片付けに出仕していたのである。

「私もですか」思わず訊いてしまってから、慌てて口を閉ざしたが遅かった。

「何だ、やる気十分だな。よしよし、当分の間、非番はないと思え」

これからも書類整理の仕事はあるはずである。組屋敷に持ち帰って片付けるか、永尋の詰所の片隅を借りて片付けるかは、天秤《てんびん》で量《はか》るまでもなかった。永尋ならば、持ち帰らずに済むし、近がいるから茶と菓子と飯の心配はいらない。願ったりであった。

「若旦那ぁ」鍋寅が鼻水を垂らしながら擦り寄って来た。「またご一緒出来て、嬉しゅうござんすよ」

「洟《はな》を拭《ふ》いてくださいと言いたかったが、堪《こら》えた。老人は労《いたわ》らねば。隼を見た。笑っている。可愛《かわい》い。こうなれば、ご一緒してやろうじゃないか。胸を反《そ》らしていると、伝次郎と目が合った。何を威張《いば》っている、と目が言っている。へい、へい。書類を隅に重ね、神妙《しんみょう》な顔をした。

その頃――。

鳶と手下の宗助は東海道《とうかいどう》を江戸へ、鳶から殺しの依頼を受けた請け人《渡《わた》し守《もり》》の二人、青墓《あおはか》の忌左次《きさじ》と霞《かすみ》の得兵衛《とくべえ》は中山道《なかせんどう》を江戸に向かっていた。

二

忌左次は怒っていた。顔から血の気が引き、青白くなっている。

こうなった時には、血の雨を降らせるしか落ち着かせる法がないことを、得兵衛はよく知っていた。得兵衛は三十六歳、忌左次より四歳年上になる。

百姓の倅である得兵衛が侍の子である忌左次と知り合ったのは、十八年前、忌左次が父と母とともに江戸から美濃国《みののくに》の青墓の地に流れて来た時だった。青墓は、かつては東山道《とうさんどう》の宿駅として栄えていたが、忌左次らが来た頃は随分《ずいぶん》と寂《さび》れていた。大垣《おおがき》の出であった忌左次の父・日下部又左衛門《くさかべまたざえもん》は、この地に居を定めると、田を耕すとともに剣術の道場を開いたのだ。だが、その頃から忌左次の母親が病勝ちになったので、得兵衛の母が日下部家の厨《くりや》の手伝いに入るようになり、得兵衛も母に付いて通うようになった。

この二人が、なぜ殺しの請け人の渡世《とせい》に入ったかは、偏《ひとえ》に忌左次の侍に対する怒り、それも理不尽《りふじん》な振る舞いに対する怒りに因《いん》を見出すことが出来た。

「許さねえ。てめえらだけの世じゃねえんだ」

忌左次を殺しに向かわせるのが怒りであるのに対し、得兵衛を殺しに駆り立てるものは、怒りに青ざめていた忌左次の頰に血の気が戻り、憑《つ》き物が落ちたようになる瞬間を見ることだった。

二人が、あの世とこの世の《渡し守》として殺しの手を組んだのは、忌左次の母に一年遅れて父の又左衛門が没《ぼっ》した翌年のことだった。青墓に凄腕《すごうで》の剣客《けんかく》がいると聞き付けた、尾張《おわり》の闇の口入屋から忌左次に誘いが掛かったのだ。

それに一口乗ったのが得兵衛だった。何かと使い走りがいたほうが動き易《やす》いし、また相手が多人数の時にはともに戦うことも出来る、と忌左次に売り込んだのである。得兵衛には、目潰しという得意技があった。

尾張での殺しを二人でし終えると、二人は親からもらった名、貴三郎《きさぶろう》と得平《とくへい》を、忌左次と得兵衛に改め、殺しの請け人稼業に入った。忌左次は既に天涯《てんがい》孤独の身であった。得兵衛には、親兄弟がいたが、すべて捨てた。ともに暮らしていても、金にもならなければ、命を滾《たぎ》らせる昂揚《こうよう》もない。いないのと同じだと、見切りを付けたのである。

以来、九年が経つ。六年前に尾張の闇の口入屋が病没してからは、江戸と大坂で殺しを請け負っている鳶の持って来る話を受けていた。鳶は、東海道を上り下りする時には必ず尾張に逗留《とうりゅう》する程、尾張の口入屋と親しく交わっていた。此《こ》度《たび》も、忌左次と得兵衛は、鳶の依頼を受けて大坂で殺しをし、草津《くさつ》の湯で身体を休めていたところで、江戸で一働き頼むという新たな依頼を受けたのである。

期限までに、時はたっぷりあった。中山道をゆったりと江戸に向かった。中山道を行けば、途中青墓の地を通ることになる。だが、忌左次は二親の墓に参ろうとはせず、得兵衛は生家を見ようとも思わなかった。二人とも、知り人に見られるのは嫌だった。

垂井宿《たるいしゅく》を過ぎた二人は、真夜中、寝静まった青墓を通り、昼飯《ひるい》へ抜けた。得兵衛は、殺しを請け負うようになってからは野良着《のらぎ》を捨てて町人の身形に、忌左次も侍から町人の姿に変えている。二人に昔日《せきじつ》の面影《おもかげ》はない。商いに出た商家の手代の二人連れにしか見えなかった。

その浪人どもを見たのは、江戸へ約十六里（約六十四キロメートル）の熊谷《くまがい》宿《しゅく》の手前だった。

深谷《ふかや》宿を過ぎ、玉井窪《たまいくぼ》の川越場《かわこしば》を渡り、小さな集落を幾つか通り、熊谷宿に近付いていた頃合だった。忌左次らの一町程先を行く三人組の浪人の一人が振り返り、街道を透《す》かし見た。忌左次らが丁度《ちょうど》木立《こだち》の陰に入った時だった。誰もいないと見た浪人どもは、向かいから来た商家の主従をやにわに斬り倒したのだ。一人が懐《ふところ》を探り、もう一人が振り分けを開け、路銀を盗《と》ると、三人目が街道脇の崖《がけ》下《した》に亡骸《なきがら》を蹴り落とした。浪人どもの動きには無駄がなかった。慣れ切っていた。忌左次らが、あっ、と息を吞《の》んだ時には、もう斬り殺され、路銀は盗まれていた。

「何てこと、しやがるんでえ」

しかし、忌左次らも人の命を頂戴《ちょうだい》して金銭を得ている身である。役人に訴え出る訳にはいかない。

殺してくれる。

二本差しの理不尽な振る舞いに対し、忌左次が下す裁定はいつも同じだった。

生かしておいても、ためにならねえ。

「止めませんよ。武家嫌いは承知していますからね」と得兵衛が低い声で言った。「恐らく、あの鬼畜《きちく》どもは熊谷泊まりでしょう。今夜、片付けますか」

侍二人が相手なら、後《おく》れを取る忌左次ではなかった。三人でも九分九厘勝てるだろう。しかし、この世には万一ということがある。そのために一人を引き付けておくのが、得兵衛の役割だった。

熊谷宿は街道に沿って一千軒余の家々が十五町の長さに延《の》びている、大きな宿場だった。

浪人どもは一軒の旅籠《はたご》に入ると、離れに通すように言い付けた。

「金はあるぞ」

紙入れを番頭に見せた。盗んだ銭で、ずしりと膨《ふく》らんでいた。

「我ら暴れたりはせぬが、声が大きいでな。相宿の衆に迷惑が掛からぬようにしたいのだ」

主《あるじ》が番頭に目配《めくば》せをし、濯《すす》ぎが出た。得兵衛はそこまで暖簾際《のれんぎわ》で見聞きすると、忌左次の傍《かたわ》らに戻った。

「外まで声が聞こえていた。離れとは、ありがたいな」

「しかも、今夜は酒宴のようです」

「俺たちも、何か腹に入れておこうか」

その夜の四ツ半（午後十一時）。忌左次と得兵衛は、渡り廊下と離れを見渡せる植え込みの中に忍び込んでいた。

宿は取らなかった。浪人たちの始末をした後は、すぐさま宿場を離れるつもりである。

四半刻程前に、話し声が途切《とぎ》れ、鼾《いびき》が聞こえ始めた。消し忘れた行灯《あんどん》の灯が瞬《またた》いている。

殺るか。

口には出さない。忌左次は腰に差していた二振りの刀の柄《つか》を両の手で摑むと、するりと抜き払った。鍔《つば》はない。木に仕込んだ、刃渡り一尺七寸（約五十二センチメートル）の、脇差の長さの直刀である。両の手に下げた。父から受け継いだ二刀による小太刀《こだち》の剣であった。

請け人稼業を始めた頃は、刀を使うことに躊躇《ためら》いを覚え、鎌《かま》を使っていたのだが、手練《てだ》れを相手にした時、鎌では仕留めるまでに刻《とき》が掛かったため、腹を括り刀に変えたのだった。

得兵衛は唇《くちびる》を固く結ぶと、懐から目潰しを取り出しながら、渡り廊下と離れに目を遣《や》った。目潰しは、粉に碾《ひ》いた唐辛子《とうがらし》や灰などを卵の殻《から》に詰めたものであった。人の来る気配もなければ、浪人どもの起き出す気配もない。得兵衛は忌左次の後ろに続いた。

草鞋《わらじ》の爪先《つまさき》が小石に触れ、こちりと音が立った。小さい。離れまでには、間があった。しかも、酒に酔い、寝ている。常人ならば、気付かないはずである。忌左次は一瞬止めていた足を繰《く》り出した。

「何者だ？」

離れの障子が左右に開き、開いた時には、二人の浪人が刀を手に居並んでいた。二人は素早く忌左次の抜き身を見ると、呟くように言った。

「誰に頼まれた？」

二人の後ろから声がした。まだ横になっているのか、声の位置が低い。

「言わぬか」

「外道《げどう》に話す言葉はない」

「まあいい。珍しく、大っぴらに出来る殺しだ。返り討ちにしてくれよう」

「………」

誤算だった。歩き方、腰の据わり方などで多少腕が立つのは分かっていたが、街道で商人《あきんど》を襲う無頼《ぶらい》の浪人連れと見て、まさかこれ程出来るとは思わず、油断してしまったのだ。

だが、事ここに至れば、斬り込むしかなかった。こちらも殺しを請け負う獣《けもの》なら、相手も誰彼《だれかれ》構わず襲い、金を盗る獣である。より血に飢《う》えた方が生き残るだけの話だった。

「お前は、下がっていろ」

得兵衛の目潰しが効く相手ではなかった。

「済まねえ」

得兵衛が足を退《ひ》き、植え込みの奥に身を隠した。ここで得兵衛は己の役目を背後の浪人を座敷の中に封じ込めておくことに変えた。忌左次の腕なら、いくら手練れでも二人なら後れを取ることはないはずだ。

忌左次が一人になったと見た浪人二人が、刀を抜きざま、濡れ縁から飛び下り、忌左次に太刀を打ち付けた。刃が風を斬り、びゅうと鳴った。浪人の剣が微《かす》かな灯りを孕《はら》み、流れ星のように煌《きら》めいた。

忌左次の身体がふいに沈み、双刀とともに浮き上がり、浪人どもの剣を撥《は》ね上げた。

「下がれ」

座敷から声が飛び、同時に足音荒く、三人目が濡れ縁に走り出して来た。その顔に、胸許に卵の殻を黒く塗り潰した目潰しが投げ付けられた。咄嗟《とっさ》に躱《かわ》している間に、忌左次の両の手の剣が翻《ひるがえ》った。腕が伸び、縮み、蝶《ちょう》のように羽ばたいた。浪人二人の咽喉《のど》許と胸許から血潮《ちしお》が噴《ふ》き上がり、地に崩れ落ちた。

忌左次の父・日下部又左衛門が、師から受け継いだ小太刀を二刀にすることで編み出した《袖石《そでいし》》という技だった。袖石は、石段の左右に据えられた石のことである。二刀持つことで、攻めと受けを同時に体現することが出来た。

「この二人を倒すとは、いい腕だ。町人の形《なり》をしているが、汝《うぬ》は侍か。その腕は、幼い頃から叩き込まれたものであろう」

「どうでもよいことだ」

「誰に」と浪人が言った。「頼まれた？」

「頼まれぬ。昼間、宿場の手前で見たのだ。商人を殺すところを、な。生かしておくと難儀《なんぎ》する者が増える」

「そんなことで、己の命を懸けたのか」

「そうだ」

「何者なのだ？」

「……生業《なりわい》は、殺しの請け人だ」

「殺し……」

浪人の口が薄く開き、嗄《しわが》れた笑い声が微かに洩《も》れた。

「面白過ぎて笑えぬわ」

言い終えた時には、浪人の姿は中空にあった。剣が光を放って、縦に、横に空を斬り裂き、地に降りて動きを止めた。浪人の剣の切っ先が下がり、地を噛《か》んだ。忌左次の足が地表を摺《す》り、前に飛んだ。浪人の剣が、跳ね上がった。きんっ、と鋼《はがね》が鳴り、一刀が組み止めた。思わず引いたところをもう一刀が追い、咽喉から項《うなじ》へ刺し貫《つらぬ》いた。浪人の咽喉が、ぐうと鳴り、事切れた。

浪人どもの血が固まる頃には忌左次らの姿は、熊谷宿の外れにあった。

江戸まで約十六里である。忌左次らの足ならば、急げば一日で着く。

鳶に言われていた日限《ひぎり》まではまだ余裕があったが、三人殺したのである。江戸に入ってしまうことにした。

忌左次らは板橋《いたばし》宿から江戸に入ると、鳶に教えられた神田明神社近くの旅籠に入り、軒に着到を知らせる合図の笠《かさ》を下げ、使いが来るのを待った。使いが来るのは、二十日であった。

三

一月十八日。

十五日に始めた蓑吉の見張りは四日目を迎えたが、これと言った目立った動きはなかった。外出したのは二回。総菜を求めに、御成街道にある煮売り屋に出掛けただけである。訪れて来る者もいなかった。

「家ん中に一人でいて、何が面白いんでしょう？」

伝次郎に駆り出された天神下の多助や正次郎、鍋寅ら、そして竹町の三五郎らが揃《そろ》って口にしたのは、そのことだった。

「一人でいるのが苦にならねえ。何をやらせても、そつがねえ。そういう奴だからこそ、闇の口入屋の手先にもなれるし、殺しの請け人ともつるめるんだろうよ」そんな奴が、と言って伝次郎は一旦《いったん》言葉を切り、続けた。「てめえの癖には、一向に気が付かねえんだから、滑稽《こっけい》な話よ。これまでの悪事のつけを、きっちりと払ってもらおうじゃねえか」

その翌日――。

昼前に出掛けた蓑吉と入れ違いに、仕舞屋を訪れた者があった。その者が路地に入って来た時から風鈴《ふうりん》の音が鳴り響いている。肩に担《かつ》いだ棒の先に文籠《ふみかご》を付け、風鈴を下げる。江戸市中に文を運ぶ飛脚《ひきやく》《便《たよ》り屋《や》》だった。

表の戸をしばらく叩いていたが、諦《あきら》めたらしい。懐から屋号を記した紙の札を取り出し、戸の隙間《すきま》に挟み込み、引き返して行った。

三五郎と手下の二人は蓑吉を尾けており、いない。伝次郎は、念のため半六と隼を路地の入り口に立たせ、鍋寅と真夏とともに仕舞屋に駆け、札の文字を読んだ。

「連雀町　《巴屋《ともえや》》」

と書かれていた。連雀町は、筋違御門《すじかいごもん》の南。近間である。半六と隼を呼び戻し、急いで見張所に上がった。

一刻程して《便り屋》が再び来たところに、蓑吉が帰って来た。文を渡している。蓑吉が文を読みに仕舞屋に入った。蓑吉を尾けていた三五郎らが戻った。蓑吉は干した魚を求めただけで、誰とも会っていなかった。暇つぶしに少し歩いた後に干魚を買って帰ったようだった。

蓑吉が再び表に出て来た。足早に、御成街道から明神下へ抜けて行く。その後を鍋寅と真夏が、少し間を空けて隼と半六が行き、さらに伝次郎と三五郎らが続いた。

一行の後から遅れて付いて来た男が、道筋にある腰掛け茶屋の奥に入った。宗助だった。

「今行きましたのが、戻り舟の二ツ森伝次郎です」

奥の男に言った。鳶である。蓑吉に文を出し、見張られているか調べるために湯島《ゆしま》天神に行き、境内《けいだい》をぐるりと回って帰るように命じたのである。見張所である書物問屋《翁屋》から出て来るところは宗助が通りから見た。佐久間町一丁目の隠れ家は気付かれていたのである。

「なかなか油断ならねえな」

蓑吉に文を書くから、出してくれ。別の《便り屋》だぞ。同じところは二度使わない。顔は覚えられない。鉄則だ。鳶が懐から懐紙《かいし》を取り出した。

「どこでへまをしたのか、しかとは分からねえが、恐らく高砂町の隠れ家近くでも歩いていたんだろう。引き上げさせよう」

「捕らえられたら、元も子もありません。それがいいと思います」これで、と宗助が言った。「佐久間町は、もう使えなくなりますね」

「いいや。一回は使える。折角《せっかく》だから罠《わな》を張ってやろうじゃないか」

蓑吉が湯島天神から戻るのに合わせて、また《便り屋》が来た。先程の男ではない。文籠の色も違う。

「あれは、下谷広小路に新しく出来た《角屋《かどや》》でございます」三五郎が言った。

三五郎の手下の酉助に後を尾けさせ、三五郎と常松は残した。何か起こった時の用心である。

蓑吉が、また仕舞屋を出た。

今度は湯島とは逆に神田川沿いに下り、左衛門川岸《さえもんがし》の手前で北に折れた。この先の向柳原《むこうやなぎわら》から猿屋町《さるやちょう》の西方までの道筋は、武家屋敷の間をくねくねと曲がっているので七曲がりと言われるところで、身を隠すものがなく、尾行するには難儀なことで知られていた。鍋寅らは先頭の者を交代させて、尾行に気付かれないようにしたが、開いてしまった間合を詰めようとしている間に、鳥越橋《とりごえばし》の袂《たもと》から舟に乗られてしまった。

蓑吉を乗せた船頭《せんどう》の名は、船着き場の者の口から直ぐに分かった。三五郎の手下の常松を残し、船頭の帰りを待たせることにした。蓑吉がどこまで乗ったかを聞き出すのである。伝次郎らは、最初の《巴屋》と二度目に来た《角屋》の二手に分かれた。

文の差出人の名と文を持って来た者について何か分かれば、鍋寅の言う「占めた子の兎」という奴だ。《角屋》は下谷広小路辺りにも顔が利く三五郎に任せ、伝次郎らは《巴屋》に向かった。

《巴屋》は連雀町にあった。

鍋寅が番頭を呼び、佐久間町一丁目の仕舞屋に文を届けるよう頼んだ者の名と住まいについて尋《たず》ねる、受け付けた者と文を届けた者から話を聞きたいのだが、と申し出た。

頼みに来たのは、辰造《たつぞう》と名乗る男で、年の頃は三十半ば。住まうところは、聞いたが答えなかった。江戸市中への届けである。うるさいことは言えなかった。そう答えたのは、文を受けた手代の浩ノ助《こうのすけ》から聞いた番頭で、届けたのは米ノ助《よねのすけ》だった。浩ノ助は鎌倉河岸まで使いに出ており、米ノ助は小網町《こあみちょう》まで走っているところであった。

「お待ちいただければ、二人とも直ぐに戻って参りましょう」

繁盛のようで結構なことだ、と鍋寅が愛想を言っている間に熱い茶が出た。

間もなくして米ノ助が戻って来たが、伝次郎らが見ていた以上のことは、知らなかった。それから、四半刻の後、浩ノ助が帰って来た。

番頭から、伝次郎らが待っていたと教えられた浩ノ助が、心得顔《こころえがお》に頷いた。

「思い当たる節《ふし》でもあるのか」

伝次郎の問いに、浩ノ助が言葉を繰り出すのももどかし気に話し始めた。

「どこかで見たことが、と思いながら歩いていて、思い出したのでございます。あの時の、あの人か、と」

去年の夏前、本所《ほんじょ》に人を訪ね、その方と煮売り酒屋で飲んでいた時に、あのお客さんもいたんでございますよ、その入れ込みに。ご浪人さんと飲んでおいででした。

「見たのは、夏前の一度だけか」

「左様《さよう》でございます」

「一度だけで、よく覚えていたな？　お前さんは、取り分け覚えのいいほうなのかい」

「そのようなことはございません。覚えているには、それなりの訳ってものがあるんでございます」

酔った二人連れの破落戸《ごろつき》が、酒代を踏み倒そうと亭主に難癖《なんくせ》を付けたのを怒鳴《どな》り付け、逆手《さかて》にねじり上げて、追い払ってしまったのだという。

「その手際のよさ、迫力。凄《すご》みがございましたですね。で、覚えていたのでございます」

「本所か……」

「はい。二ツ目橋《ふたつめばし》の近くでした」

伝次郎の頭に、こつん、と当たるものがあった。殺しの請け人・池永兵七郎が宗助と飲んでいた煮売り酒屋があったのは、その辺りだ。御竹蔵《おたけぐら》から一ツ目《ひとつめ》通りを行き、二ツ目橋の手前にあった小体な酒屋に入った。相生町《あいおいちょう》四丁目だった。あそこか。

「その辺りでございます」

「旦那」と鍋寅が言った。「辰造とか名乗っておりやすが、偽《にせ》の名でしょう。年の頃は、三十半ばってえと、ぴたりでやす。こいつぁ…………」

宗助の年頃である。

「啓蟄《けいちつ》にはちいとばっかり早《はよ》うございやすが、そろそろいいか、と這《は》い出して来やがったんですかね？」

「捕まりに、な。お望み通り、お縄にしてやろうじゃねえか」

伝次郎は番頭に小部屋を一つ貸してくれるよう頼み、《巴屋》に絵師を呼んだ。浩ノ助が見た、宗助と思われる男の似絵《にせえ》を描くためである。

一刻（約二時間）余の後には、似絵が出来た。

去年、煮売り酒屋から出た宗助を尾けたのは、太郎兵衛と半六と多助だった。

「よく見ろ。こいつは宗助か」

しかし、半六はほとんど宗助の背中しか見ていなかった。宗助だとは、言い切れない。

「悪いな。御用のためだ。浩ノ助を借りるぜ」

浩ノ助の案内で、本所の煮売り酒屋に向かった。

酒屋の亭主も、宗助のことはよく覚えていた。似絵を見ると、

「間違いございません。ご浪人と飲んでいたのは、この人です」言い切った。

「決まりだな。こいつは、鳶とともに行方を晦《くら》ましていた宗助だ。奴ら、一度は江戸を売ったらしいが、舞い戻って来やがったのよ」

「するってえと、またぞろ江戸で悪さを？」隼が拳《こぶし》を握り締めている。

「……太郎兵衛だ」と、伝次郎が言った。「太郎兵衛を殺しに来たんだ。あいつは恨まれ易《やす》い。八十郎を呼ぶしかねえな」

八十郎は、内藤新宿《ないとうしんじゆく》から二里二町（約八・二キロメートル）の下高井戸《しもたかいど》の道場に戻り、年を越していた。

「あの……」と隼が半六と目を見交わしてから言った。「旦那も、と言うか、旦

那が……」

「俺は、太郎兵衛の次だったらしいじゃねえか。順が違う」

そうではねえでござんしょ。旦那を襲いに行ったら、先に関谷上総守寺組下の小姓組頭と番衆らが襲おうとしているのに気付いたもんだから、二番目の標的《まと》である太郎兵衛の旦那に向かったたってのは、池永ら請け人の口から分かっているじゃござんせんか。

と言いたかったが、伝次郎は分かっていて、認めようとしないのだろう。やれやれ、と溜息を吐こうとすると、伝次郎が半六の名を呼んだ。

「明日一番で下高井戸に走ってくれ」

「合点《がってん》でさ」

「真夏、親父殿が来るまで、太郎兵衛の子守を頼めるか」

「承知しました」

「それと弥吉《やきち》だ。声を掛けておいてくれ」

元木場町《もときばまち》の弥吉。土地《ところ》の御用聞きである。前回太郎兵衛の家が襲われた時に、世話になっていた。以来、太郎兵衛が永尋同心であることをわきまえ、気に掛けてくれていた。

「お任せください。でも」と、鍋寅が言い足した。「一ノ瀬の旦那ですが、突然の話で来られやすでしょうか」

「心配するな。暇を持て余している頃だろうよ」

と胸を叩いている伝次郎の横で、隼が真夏に訊いた。

「花島様のところへ泊まり込みになられるのですよね。何かお支度《したく》がありましたら、お手伝いしますが」

「常に支度は調《ととの》えてありますから、大丈夫です」

いつでも死地に向かえるよう、身の回りの始末は付けてある。幼い時から八十郎に躾《しつ》けられたことだった。やがては内与力《うちよりき》に嫁《とつ》ぐと決まっている身でも、変わりはなかった。

「そう言ったものよ」

伝次郎が、隼に威張ってみせた。

常松が戻り、蓑吉は鳥越橋から吾妻橋《あづまばし》東詰まで舟に乗ったと分かった。本所である。一方、三五郎らが調べに出向いた二番目の《便り屋》からは、何の手掛かりも得られなかった。

一月二十日。夜明けにはまだ間のある七ツ半（午前五時）。半六は伝次郎の文を懐に、北新堀町の長屋を発ち、下高井戸へ直走《ひたはし》った。

腹を減らし抜いて道場に辿《たど》り着いた半六は、丼飯を三杯に、菜をくたくたに煮た鍋を一杯平《たい》らげ、大鼾《いびき》を掻《か》いて二刻眠り、翌二十一日の早朝、外せない約定《じょう》があるので二日程時をくれ、という八十郎の書状を手に奉行所に駆け戻って来た。八十郎は、果たし状を突きつけられ、立合いをする仕儀《しぎ》となっており、これの始末に二日を要したのである。後日、それを知り、

「人は、なかなか枯《か》れぬものだな」

と呟いた伝次郎を、染葉忠右衛門《そめはちゅうえもん》が呆《あき》れて見詰めていたという話が、詰所の笑い話として、暫くの間流行っていた。

この日、蓑吉は佐久間町の隠れ家には戻らず、動きのないまま日が暮れた。

四

一月二十一日。

根岸の寮の厨では、懸巣《かけす》の尚兵衛が米を磨《と》ぎ終えたところだった。一人で一片食《ひとかたけ》の飯を食べるだけならば、豆腐があればよかったのだが、鳶と宗助がいるところに蓑吉も加わったのだ。口が増えて、仕度の手間が増えただけでなく、今までは広かった寮が、俄《にわか》に狭くなったような気がし、息苦しさを覚え始めていた。

そんな息苦しさを救ってくれたのは、他ならぬ蓑吉だった。いつもは、という程会ってはおらず、口数少なく、黙《だんま》りを決め込んでいるところしか知らないでいたが、厨に立っている尚兵衛の脇で、菜を洗うなど手伝いをし始めたのだ。

「上手《うめ》えもんですね」菜を刻《きざ》み、出汁《だし》を取っている尚兵衛に言った。

「一人暮らしが長いからな」

「俺はどうも不器用で」

「若《わけ》えんだ。女こさえろ」

「こんな暮らしで、ですかい？」

「……………泣かせるけどな」

「泣かせたんですかい？」

「済まねえことをした、と思ってる娘っ子は、いた」

「この先、俺にもそんな相手が出来るもんでしょうかね………」

尚兵衛さんを見てたら、疾《と》うに死んだ親父を、ふっと思い出しましたよ、と聞いたのは、その時だった。

しかし、蓑吉の口が軽くなったのはそこまでで、鳶らが戻って来ると、傍《かたわ》らから離れ、また寡黙《かもく》になった。その後は用もなく、話し掛けて来ることもなかった。

蓑吉は、十九日からいる。二日前、鳶が《便り屋》の《角屋》からの文に、八《はっ》丁堀《ちょうぼり》に見張られている、と子細《しさい》を書き、舟を使って尾行を撒《ま》くよう指示し、「芋《いも》を食いに来い」

と、かねてから決めていた暗号で落ち合う先を知らせたのである。「芋」は谷《や》中感王寺《なかかんのうじ》と東叡山《とうえいざん》の御山内に挟まれた、幅二間（約三・六メートル）、長さ凡《およ》そ三十二間程の「芋坂《いもさか》」のことで、「芋坂の腰掛け茶屋」という意味であった。蓑吉が寮を訪れるのは初めてだった。

昨日の二十日には、神田明神社近くの、笠を吊《つる》した旅籠に出向き、忌左次と得兵衛に、「二十二日にお会いしたい」という鳶の言付《ことづ》けを伝えた。尚兵衛は、《渡し守》の二人とは二度会ったことがあった。ともに、宗助の身体が空かない時に、請けの仕事で江戸に来た二人を案内した折のことだった。

そして、一夜明けたこの日尚兵衛は、鳶と宗助の帰りを待ちつつ、蓑吉と肴《さかな》作りをしていたのである。肴と言っても、手の込んだものではない。牛蒡《ごぼう》と蒟蒻《こんにゃく》を胡麻油《ごまあぶら》で炒《いた》めてから煮付けたものと、小松菜と豆腐の白和《しらあ》えだけである。

鳶は、本郷から白山権現《はくさんごんげん》一帯の香具師《やし》を束ねている菊坂《きくざか》の元締・丙左衛門《へいざえもん》と会っていた。場所は、鳶の息の掛かった赤坂田町二丁目の料理茶屋《常磐亭》である。宗助は、別の間で控えている。

鳶と丙左衛門は、余人《よじん》を交えず、離れの間で膝《ひざ》を突き合わせていた。

「頼まれてくれねえかな。どうにも、俺の顔が立たねえんだ」

殺しの依頼である。丙左衛門とは古い仲だった。貸し借りもあった。会えば、こうなると分かっていた。会いたくなかった。会うなら、永尋同心の殺しの片を付けてからにしたかった。だが、口では相手の内にずかずかと踏み込むような物言いをするが、丙左衛門は、引き際を知っていた。だからこそ、会いもしたし、闇の世界で今まで繋がって来られたのだ。

「分かっている。元締が何かしているってことはな」そこを枉《ま》げて頼めねえだろうか。「元締を当てにしていたんだよ……」

この日の丙左衛門は、いつになくくどかった。なかなか引こうとしない。杯の酒を、勢いを付けて空けると、急ぐんだ、と言って言葉を継いだ。

「殺るのは、女だ」

「女……？」

鳶の思いの中に、女はなかった。武家か町屋の旦那衆か、腕っ節の強い若い衆だと思い込んでいた。女ならば、時と場所を得られれば、非力の者でも出来る。

鳶の表情に意を強くした丙左衛門が、若くねえ、と言った。

「大内儀《おおおかみ》だ」

「いつまでに？」

「明日から十日以内」

明日は二十二日である。とすると、一月は大の月だから、日限は二月の一日になる。

「それはまた……」

殺しと言っても、命を取るだけならばどこでもいいが、誰にも見られず、殺して逃げるには下調べが要《い》る。それには十日では余りに日数が少ない。

「心配は要らねえ。出掛ける日は分かっている。どこに行くかも、な」

何とかならないか。丙左衛門が呻《うめ》くように言った。

「駄目でした、とは言えねえ依頼なんだ。他のもんに頼むのは心許ねえってこともあるが」

それでも武家か旦那衆や若い衆ならば断ったところだが、鳶にはちょうど身近に尚兵衛という男がいる。殺る気があるか、聞いてみるか。うまくやってのければ、この先も使えるし、しくじったら、寮の番人だと露見する前に、またぞろ江戸を売ればいいだけの話だ。

「ちいと大きな仕事の最中なので、一日刻《とき》をもらいたいんだが」

「構わねえ。ここまで待ったんだ……」

そこで丙左衛門が、下から掬《すく》い上げるようにして、この前、文を届けてくれた御人《おひと》があったね。あれなら、仕事に使えるんじゃないかね、と言った。

始めから尚兵衛を狙っていやがったな。鳶も丙左衛門を見詰めた。


密やかな足音が寮の門前に近付いて来た。鳶と宗助のものである。

尚兵衛と蓑吉が気付き、腰を上げた。

木戸が微《かす》かに軋《きし》み、玄関の引き戸が開いた。鳶は出迎えた尚兵衛と蓑吉に、奥に来るように、と言い置いて座敷に上がった。尚兵衛は蓑吉と目を見交わしてから宗助を見た。表情を変えない男が、掌《てのひら》を僅《わず》かに上げた。奥へ、と言っているのである。

気に入りの長火鉢の前に座り、煙管《きせる》を手にした鳶が、

「頼まれごとが入った。急ぎだ」

と言って言葉を切り、一服吸い込むと、棒のように煙を吐き出しながら、懸巣

の、と継いだ。二つ名で呼ばれるのは久し振りだった。尚兵衛は瞳を鳶に向けた。

「お前さんの腕を借りたいんだが、その気はあるか」無理は言わない。飴《あめ》を売りに行くのとは違うんだ。分かっている。「助けてくれる気があるか、と訊いているんだ」

尚兵衛の咽喉がひゅう、と鳴り、遅れて、勿論《もちろん》です、と甲高《かんだか》くなった声が続いた。

「ちょうど、元締にお伺いを立てようかと思っていたんです」

殺しを請けたいと思うようになっていたんです。けれど、武家とか屈強《くっきょう》な若い衆では無理だ、と半ばてめえで諦めておりやした。いや、寮番や隠れ家の見回りも大切な役目だと分かっちゃいるんですが。

「何と言うか、今の暮らしには、張り詰めたものがねえんです」

「最後の務めから、四年だったね」鳶が、煙草の煙《けむり》越しに尚兵衛を見た。

「へい……」

「あの時と同じで、相手は女なのだよ。殺ってくれるかい？」

「助《す》けではなく、請け人ですか」

「当たり前だ。懸巣の尚兵衛、助けで満足する男じゃないだろう」鳶は小さな笑い声を上げると続けた。「とは言っても、若かねえ。ために、寮番とか地味に暮らさせていたが、お前さんなら造作《ぞうさ》もない務めだよ。その金で、どこぞで安楽に余生《よせい》を過ごしてもいいんだぜ」

「相手は誰で？」

「訊くとなると、請けてくれるのか。ありがとよ」鳶は礼を言うと、下谷同朋町の蠟燭《ろうそく》問屋《石見屋《いわみや》》の大内儀だ、と言った。「名は芳《よし》。年は六十」

鳶は尚兵衛を見詰めると、被せるように言った。

「訳は訊きっこなしだ。急ぎだから五十両出す。明日から十日以内に頼めるか」

一殺五十両。一人の殺しでそれだけの大金を得るのは、初めてだった。

「大内儀が外出をしてくれれば、何とかなりましょう。お店の奥にいられたのでは、ちいと難しいでしょうが」

「それよ。明日から七日目に間違いなく出掛ける日があるのよ。供は女中一人だ。後で詳しく話すが、やれるな？」

「へい」

「頼んだぜ。やはり、何だな、最後に頼りになるのは年季の入ったもんだな」

「お役に立てれば何よりです。ですが、男の殺しはもう駄目ですので」

「分かっている」

「申し訳ございません」尚兵衛は頭をひょいと下げると、急いで起こした。「殺しの仕度に入るとなれば、寮番と見廻りを兼ねるという訳には参りません。一人暮らしをさせてもらいますが、よろしいでしょうか」

「構わねえ。と言うより、そうしてくれ。懸巣の尚兵衛のすることだ。上々の首尾《しゅび》を期待しているからな」

「承知いたしやした」

「住まいの心づもりは？」

「探します」

「だったら、ここを使ってくれ。俺たちは表町《おもてまち》に移る。下谷同朋町を探るには、ここは動き易かろう」

表町、正しくは北本所表町。縦と横に広く延びた町屋で、鳶が隠れ家として借りているのは東の外れで、不動堂《ふどうどう》と長屋に隣接する戸建てであった。

鳶は本所にもう一軒、石原新町《いしはらしんまち》に借りていた。石原新町の隠れ家は、本所の北《きた》割下水《わり》の北側にある町屋だった。この二軒とも尚兵衛が見回っていた借家で、未だ奉行所には嗅ぎ付けられていない。

「よろしいんで？　使わせていただいても、ここは二十五日か、遅くとも二十六日の昼過ぎには出て、同朋町辺りの旅籠に入りますが。間近になったら、近いほうが落ち着きますので」

「無理を言ったのはこっちだ。それに、《渡し守》との仕事は、あっちの方が何かと都合がいいんだよ。花島太郎兵衛って腐れ同心の家に近いしね」

残りの半金は、ここで渡すから、戻っていてくれよ。その頃には、俺たちもここにいるはずだからね。鳶は懐から切り餅《もち》を一つ取り出すと、袱紗《ふくさ》に載せ、尚兵衛の膝許に置いた。久し振りに見る切り餅だった。尚兵衛は拝《おが》むようにして切り餅を懐に落とし入れた。

「常磐では、食ってるようじゃなかったんだ。何か食う物は？」鳶が蓑吉に訊いた。

「用意出来ています」

「おうっ、食おうじゃねえか。細かい話は、食ってからだ」

「尚兵衛に残るように言い、宗助に蓑吉を手伝うよう命じた。宗助が軽い身ごなしで立ち上がった。

同二十一日。七ツ半（午後五時）。

見回りを終え、奉行所に戻る前に、佐久間町一丁目の仕舞屋の見張りをしている竹町の三五郎らに飯を差し入れながら首尾を聞いたが、蓑吉はまだ姿を現わしていないということだった。やはり、尾行を気付かれたのだろうか。もう二、三日様子を見たら、見張りを解いた方がいいかもしれない。

「済まねえが、もうちいと辛抱《しんぼう》してくれ」

三五郎らに言い置き、奉行所に向かった伝次郎と鍋寅と隼は、永尋掛りのために建てられた詰所へと戻った。詰所は、奉行所の建物の外、中間《ちゆうげん》部屋や蔵が建ち並ぶ一角への通り道にあった。早朝に下高井戸から帰った半六は、この日の見回りはせず、詰所の隅で綿入れに包《くるま》って眠っていた。

詰所には、河野道之助《かわのみちのすけ》と天神下の多助と近が残っていた。多助は調べ物をしている河野を手伝い、永尋の控帳の出し入れをしているのだ。

染葉忠右衛門は稲荷町《いなりちょう》の角次《かくじ》と手下の仙太《せんた》を連れて、七年前に起こった押し込み強盗の一件を追って、朝から市中に出たきりだ。この日は珍しく、正次郎が染葉の助けに駆《か》り出されていた。訪ねる土地に正次郎が精通《せいつう》しているという話だった。甘い顔を見せる訳にはいかないので黙っていたが、確実に成長しているらしい。

鍋寅が、近の淹《い》れてくれた茶を、美味《うめ》え、と何度も言いながら鼻水と一緒に啜っている。

「爺《じい》ちゃん、汚《きたね》えな」

孫娘の隼に言われた鍋寅が、爺ちゃんじゃねえ、親分だ、と言い返したが、隼は熱い茶に心を奪われていた。昼寝をさせてもらい、すっかり寝の足りた半六は、起き出して来て、湯飲みに顔を埋めて飲んでいる。

「その後、どうです？」

河野が伝次郎に訊いた。河野が何を聞きたいのかは、直ぐに分かった。

鳶の隠れ家発覚以来、伝次郎と河野は、時折隠れ家の風通しをしていたという老爺《おやじ》の存在を気にし、追っていた。老爺は、その日のうちに帰る時もあれば、水瓶《みずがめ》の水を替えたり、寝具や米を干したり、屋根や雨戸の修理を見届けるなど、数日留まることもあったらしい。言ってみれば、家作《かさく》を見回る大家《おおや》か寮番のような働きをしていたことになる。

高砂町と亀戸村の隠れ家近くの者を集め、老爺について尋ねたところ、老爺の名は、嘉助《かすけ》。

年の頃は、六十半ば。

寄る年波で肌に染《し》みや皺《しわ》はあるが、無駄な肉のない引き締まった身体付きをしている。目鼻立ちは整っており、黒子《ほくろ》や傷跡のような、これと言って目に付く特徴はない、という大江戸市中に掃《は》いて捨てる程いる老爺のひとりであった。

さても困ったな、と頭を抱えようとした時、高砂町の者が、そう言えば、と思い出したことがあった。

「鳥の鳴き真似《まね》が、上手《うま》いんでございますよ」

ったらしい。梟《ふくろう》や鶯《うぐいす》などの鳴き声を巧《たく》みに真似て、泣いている子供をあやしたことがあ
聞き出したことどもから伝次郎と河野が見立てた老爺の身性《みじよう》は、
身寄りがない。
己の持ち家はない。
鳶の配下ではなく、雇われた者だったら、今もどこかで寮や家の留守を預かる
番人のような仕事に就《つ》いているだろう。
鳶の配下なら、たとえ一時は身を潜めさせたとしても、ほとぼりが冷めたと見
れば、鳶はまた同じように隠れ家の見回りや番をさせるはずである。
というものであった。いずれにせよ、どこかで寮番のような仕事をする老爺と
して浮かび上がってくるはずだ。
これらのことを腹に収め、絵師に描かせた似絵を持ち、刻《とき》を作っては寮などを
調べたのだが、一向にぶち当たらないでいる。
この嘉助と覚《おぼ》しき者を、同心、御用聞きの中では隼だけが見ていた。池永ら殺
しの請け人が一時潜んでいた高砂町の隠れ家が割れた時のことだ。伝次郎らと家

の中を調べていた時、野次馬の背後に隠れるようにして見ている老爺がいた。その目付きの鋭《するど》さに、隼が一瞬手を止めたのを見抜いたのか、老爺は直ぐに立ち去ってしまった。隼が飛び出した時には、どこにも姿は見えなかった。伝次郎に話すと、

「恐らく嘉助だろうが、違うかもしれねえ。いいか、逃がしたと思うなよ。此度《こたび》は運が奴に味方したと思ってろ。次は、こっちの番だからな」

しかし、その時以降老爺を見掛けることはなかった。因《ちな》みに似絵の似具合だが、目付きの鋭さを除《のぞ》くと、隼にしても、似ている、似ていないと言い切るだけの自信はなかった。

「本当に寮番をしているのでしょうか」

多助が、永尋の控帳を年代順に並べ直しながら河野に訊いた。

「寮番は寮番になるか、寺男になるかしかない」

「へえ……」多助が間延《まの》びした声を返した。

「河野の旦那の言った通りなんだが……今、ふっとな、ふっと思ったんだが……」

隼の名を呼んだ。隼が手にしていた湯飲みを近に渡して、伝次郎の前に立った。

「隼が見たと言った、老爺のことだ」

「へい……」

「気付かれたと思って、直ぐに立ち去ったように見えたんだな？」

隼は掌を打ち合わせると、この間合で、すっと立ち去りやした、と言った。

「身のこなし方が、藤四郎《とうしろう》とは思えねえな」

「鳶の一味でやすから」鍋寅が言った。

「そうなんだが、もしかすると、殺しの請け人上がりかもしれねえ、とは思えねえか」

えっ、と言う声を残して、鍋寅と隼と多助と半六が目を見合わせた。

「あり得ますな」と河野が言った。「かつて使っていた請け人で、言うことを聞く者を近くに置いておく。あるかもしれません」

「よし、請け人にあの爺《じじい》のようなのがいねえか、調べさせよう」

「へっ」と鍋寅が、茶の残りを一気に飲み干すと、誰にでございやす、と訊いた。

「染葉の倅よ。例繰方《れいくりかた》は、こういう時にこき使うもんだ」

鋭之介《えいのすけ》が調べている間に、俺たちは爺探しに歩き回るぞ。覚悟しておけよ。威勢のいい声を張り上げた。

「ねえ、旦那」と鍋寅が言った。

「何でえ」

「お元気なのは結構なことなんでやすが、旦那が爺と言っている寮番だか見回りの男は、六十の半ば位ってことでやすよ」

「それがどうした?」

「あっしたちは、旦那が七十歳、あっしが七十四歳。こっちの方が立派な爺じゃないんですかい?」

「何を吐《ぬ》かしやがんでえ。取っ捕まえたら分かるが、見た目は俺たちの方が、ずっと若いはずだぜ。なあ、隼の親分」

隼が困ったような笑みを浮かべ、ただ頷いている。引き下がってきた鍋寅に近が目配せをした。何言っても無駄だよ。鍋寅は小さく頷いて見せた。

「これからは常に嘉助って爺をど頭《たま》の片隅に置いて見回りに出るからな」

大声で言い、茶を飲み干している。

茶で酔《よ》えるなんて羨《うらや》ましい、と呟いた鍋寅の横で、半六が声を立てずに笑っていた。

五

一月二十二日。昼九ツ（正午）。

《渡し守》の二人、忌左次と得兵衛は、旅籠に迎えに来た宗助の案内で、幅三間、長さ十三間の妻恋坂《つまごいざか》を上り、妻恋町《つまごいちょう》の料亭《梅宮《うめみや》》に向かっていた。《梅宮》は、江戸料亭番付《ばんづけ》で大関《おおぜき》の地位を得ている老舗《しにせ》で、湯島天神や神田明神まで遊山《ゆさん》に来た食通を唸らせている。

離れに通された二人を、鳶が迎えた。

「大旦那は」と忌左次が言った。

鳶のことである。料亭などではなく、人気《ひとけ》のないところなら、元締とも、頭《かしら》とも言うのだが、万一にも他人《ひと》に聞かれかねないところでは、それなりの言葉を使う。それが忌左次であり、鳶が信頼を寄せる因の一つでもあった。

「人使いの荒い御方だな」

鳶の依頼で、大坂での殺しを片付け、得兵衛と草津で骨休みをしていた時に、鳶の使いの者が来、江戸へと呼ばれたのである。草津から江戸まで中山道で行くと、百二十八里三十四町（約五百十六キロメートル）。東海道ならば、百十八里三十二町（約四百七十六キロメートル）で、約十里と二町短いことになるが、中山道は川止めや舟渡しがないので、旅程の狂いが少なかった。思い定めた期日に着ける。二人には、それが何よりだったのである。

鳶が挨拶に来た亭主に、先に話を済ませるので、と答えている。その間に仲居が茶をそれぞれの膝許に置き、離れを後にした。亭主の足音が廊下から遠退《とおの》くのを待って、「早速ですが」と鳶が口を開いた。

「相手は、南町の同心。戻り舟と呼ばれている永尋掛り同心です」

「戻り舟……？」忌左次が訊いた。

「家督《かとく》を譲《ゆず》り、一度隠居したのに、御奉行のお声掛かりで永尋になっている一件を調べ直すために舞い戻って来た、元定廻り同心の呼び名ですよ」

「名は？」

「始末してもらいたいのは二人。花島太郎兵衛と二ツ森伝次郎です」

太郎兵衛の名を耳にし、忌左次の眉《まゆ》が微かに動いた。二十年程前になるが、その名には聞き覚えがあった。二ツ森の名には、覚えはなかった。

「知っておいでで？」

「いや……。同心か、と……」

「戻り舟とは言えお役人です。今更ですが、請けていただけますか」

お二人もよくご存じの池永兵七郎、藤森覚造、赤堀光司郎の諸先生と七化けの七五三次《しめじ》を刑場に送り込んだのは、奴と永尋の同心仲間なんでございますよ。

「手前にも意地がございます。先生方の仇《かたき》を討ちたいのです。お願い出来ましょうか」

「承知した」忌左次が答え、得兵衛が頷いた。

「ありがとうございます。お二人に請けてもらえれば、もう、事はなったも同然」

では、いい酒を取り寄せてありますし、美味《うま》いものを摘《つ》まみながら、と鳶が両の掌を打ち合わせようとしたところで忌左次が、いや、と言って鳶を制した。

「酒は止《や》めておこう。折角《せっかく》だから、美味いものを食べたら、彼奴《きゃつ》らの住まうところを見に行きたいのだが。組屋敷に？」

「花島は組屋敷を出て一人で深川《ふかがわ》に、二ツ森は組屋敷におります」

「殺るのは、いずれから？」

「深川からお願いいたします」

一人住まいであり、組屋敷を襲うより首尾を果たし易いからだ、と言葉を継いだ。

「花島は何ゆえ組屋敷を出ているのです。訳でもあるのですか」得兵衛が訊いた。

「それが、ですが」と言って、鳶が皮肉な笑みを浮かべ、宗助を見た。

「手前から申し上げます。花島太郎兵衛には妙な癖《へき》がございまして……」

太郎兵衛の女装の癖と、それがために家督を譲った倅夫婦との間に軋轢《あつれき》が生じ、組屋敷を出ていることと、深川の居宅を池永らと襲った時の様子を話した。

「目の前に、紫の寝召《ねめし》に丸髷《まるまげ》の男女《おとこおんな》が飛び出して来た時には、驚いて立ち竦《すく》んでしまいました」

「腕は？」

体術の達人でございます。宗助の顔から笑みが消えていた。

「殺すには、惜しいな」忌左次が、呟くように言った。「嫌いじゃねえ」

鳶が宗助に、膳を、と命じた。


鳶は舟を仕立てると、忌左次らとともに神田川へ漕《こ》ぎ出させた。神田川から大《おお》川《かわ》に出、川を下り、両国橋《りようごくばし》を、新大橋《しんおおはし》を潜《くぐ》り、永代橋《えいたいばし》の手前で仙台堀《せんだいぼり》に折れた。揺れが収まり、櫂《かい》の音が川面《かわも》に響いた。海辺橋《うみべばし》を潜る。ここで仙台堀は二十《にじっ》間川《けんがわ》と名を変える。次の橋が、目指す亀久橋《かめひさばし》である。

櫂を繰《く》る手が止まり、舟は川面を滑るようにして船着き場に着いた。

舟を下り、陸《おか》に上がった。太郎兵衛の住まいがある大和町《やまとちよう》である。宗助が先に立ち、鳶らが後に回った。

宗助が板塀に挟まれた小路を目で指した。突き当たりに、門がある。片開きの引戸門である。忌左次と得兵衛が頷いた。

小路の前を六間（約十一メートル）程行き過ぎると、竹垣になり、庭と家の造作が窺《うかが》えた。

門から中をそっと窺う。正面に玄関があり、左手に回ると庭になり、廊下の奥が居室になっている。その向こうの左手は厨《くりや》なのだろう。その辺りで人の気配がしている。気配が大きくなった。出て来る者がいるのだ。忌左次らが竹垣に半身を沈めた。鳶と宗助も身を引いた。

奥から太郎兵衛が出て来た。

「あれが花島太郎兵衛です」

伝次郎と一ノ瀬八十郎が続いている。

八十郎は、七ツ半（午前五時）に起き、昨夜作っておいた握り飯を白湯《さゆ》で流し込み、甲州街道《こうしゆうかいどう》を走って江戸に入ったのである。果たし状の相手は、腕を砕《くだ》き、立会人に預けた。昨夕のことになる。

「二人目が二ツ森伝次郎で、その後ろにいるのは……」

忌左次が睨《にら》むようにして、八十郎を見詰めている。宗助は、思わず口を閉ざして鳶を見た。何だ？　鳶が得兵衛に目で問うた。得兵衛が首を横に振った。

「……どうして彼奴が」

「一ノ瀬八十郎を、ご存じで？」

忌左次は黙りこくり、八十郎を見詰めたままでいる。

「……彼奴も戻り舟です」

「斬るのか」

「邪魔立てされましたら」

「彼奴は出来る。強い」

「先生方を捕らえたのは、あの者なのです。とは言っても、《袖石》には勝てんでしょうが」

「と、聞いている」

「聞いて……？」

思わず問おうとした鳶を制し、今は何も訊かんでくれ、と言い、忌左次が小さく笑って続けた。

「元締、面白いことになりそうだ。礼を言うぞ」

「そいつは……何よりで」

「いつ襲うかは、任せてもらえるのか」

「勿論でございます。が、二十八日がよろしかろうかと」

「何がある？」

「ちょいと細工をいたそうかと」

「勝手にしろ。但《ただ》し、細工に乗るか否かは俺が決める」

「……承知しました」

「得兵衛も、話すまで何も訊かんでくれ」

「分かりました」得兵衛が言った。

「済まない」忌左次は庭と家の中に目を遣《や》ると、また見に来よう、と得兵衛に言った。「今日は帰る」

「……宗助」鳶が促した。

「石原新町に塒《ねぐら》をご用意しましたので、ご案内いたしましょう。いつからでもお使いください」

「俺たちだけだろうな」

「はい。そのようにしてあります」

「ありがとよ」

「とんでもございせん」

先に立ち、歩み掛けた宗助を忌左次が呼び止め、訊いた。

「舟か」

「へい」

「深川か、本所か。川を渡りはすまいな?」

「本所で」

「ならば歩こう。花島を始末したら、そこに引き上げるかもしれぬのだ。道はよく見ておきたい」

鳶が頷いた。

「では」

宗助は竹垣を離れると、太郎兵衛の家をぐるりと巻くようにして、歩き出した。

一月二十三日。

この日、尚兵衛の姿は不忍池《しのばずのいけ》の畔《ほとり》にあった。前日に続き、蓑吉とともに下谷同朋町の《石見屋》の表と裏を見て回り、下谷広小路の雑踏《ざっとう》を横切り、元黒門《もとくろもん》町《ちょう》から池之端仲町《いけのはたなかちょう》と抜けて来たのである。

大内儀の顔は、偶然のことながら昨日見ていた。弁財天《べんざいてん》を信心し、よくお参りに行くので、もしかすると、と淡《あわ》い期待を込めて表に佇《たたず》んでいると、女中を供に新黒門町《しんくろもんちょう》の京菓子所《亀屋《かめや》》まで外出するところに行き当たったのだった。

だから、大内儀の顔は分かっていた。蓑吉の供はいらなかったのだが、「まだ僅かに一日のことです。何かあるといけません」と言って、付いて来ていたのである。

相変わらず蓑吉の口数は少なかったが、昨日必要なことは聞いていた。大内儀が二十八日に出掛けるのは、大内儀の実父である先代・弥右衛門《やえもん》の月命日が二十八日だからだった。

《石見屋》の墓所は、臨済宗《りんざいしゅう》の古刹《こさつ》・伯華山叢雲寺《はっかさんそううんじ》にあった。

不忍池をぐるりと茅町《かやちょう》二丁目から池之端七軒町《しちけんちょう》へと回る道は、浄土宗《じょうどしゅう》、法華《ほけ》宗、真宗《しん》、臨済宗などの寺が甍《いらか》を並べ、門前町の軒《のき》が続いている。門前町と言っても、道の向こう側は、加賀前田《かがまえだ》家の上屋敷と支藩である富山《とやま》藩と大聖寺《だいしょうじ》藩の上屋敷が土塀を連ねている片側町《かたがわまち》であるため、賑《にぎ》わいを見せるという趣《おもむき》ではなかった。

叢雲寺は、その片側町を更に進み、二丁目からの道を七軒町の方に折れずにそのまま加賀前田家の上屋敷と御三家水戸《みと》家の中屋敷に向かった道の中程にあった。

そこまで行き、門前町を過ぎると、先は大名家の上屋敷と中屋敷の土塀が続くだけなので、人通りは急に少なくなった。前日に続き、この日も人影は疎《まば》らであった。

これ程、殺しにお誂《あつら》え向きの場所もないな。

尚兵衛は半分事がなったような気がして、思わず蓑吉を見た。蓑吉は瞬間目を見合わせたが、何も言わずに通りに目を遣っている。言うべきことは、昨日話していた。後は問われたら答えるだけである。蓑吉は、自らに課している、その決め事の中にいた。

尚兵衛は振り向き、歩み過ぎて来た道筋を思い返した。

池の畔《ほとり》には、出合茶屋が建ち並んでいた。大内儀の芳は、若い頃から茶屋遊びが盛んであった。それに耐え続けていた当代の我慢が切れての依頼であるらしいことは、鳶からにおわされていた。何が因で我慢の糸が切れたのかは、請け人の関知するところではなかった。訳などどうでもよかった。握り飯一つで殺し合いになったのを、見たことがあった。

尚兵衛は蓑吉に、ありがとよ、と言った。後は、殺すところを見届けてもらえばいい。

蓑吉は、足を少し引いて間を取ると、僅かに頭を下げ、不忍池の方に戻って行った。

羽織の裾《すそ》が揺れている。堅気《かたぎ》のお店者《たなもの》の身形である。そう言うてめえも、お店の主風に装っていた。柄《がら》ではないが、どこで誰が見ているか分からない。分からない以上、そこにいることを怪しまれないようにしなければならない。

一旦寮に引き上げ、いつもの寮番の姿に戻り、熱い粥《かゆ》でも啜るか。それが一番落ち着くことを身体が知っていた。

遥か前を行く蓑吉の後ろ姿を見ながら、尚兵衛は足を踏み出した。蓑吉の姿が、道なりに緩《ゆる》く曲がった通りをゆったりと進んでいる。

あの男とも何年となく顔を合わせてきたが、話をし、心を覗いたのは一瞬だった。俺の人との繋がり方も、束の間覗き合うばかりだな。蓑吉を嗤《わら》う気はなかった。それでいいと思っていた。殺しの請け人である以上、人として生きる道を求めようとは思っていなかった。

尚兵衛の頭上を影がよぎった。

烏《からす》だった。

道の先を見た。蓑吉の姿は、通りから消えていた。

その日の午後――。

鍋寅らと浜町堀に架かる高砂橋の西詰を北に向かっていた二ツ森伝次郎は、ふいに呼び止められた。

「旦那、八丁堀の旦那」

市中見回りの仕舞いに、夕餉《ゆうげ》を差し入れながら佐久間町一丁目の見張所に立ち寄ろうと、足を急がせていたところであった。

呼び止めたのは商家の主風体《ふうてい》の者であった。見覚えはあったが、どこの誰かは即座に思い出せない。うっ、と詰まって鍋寅を見ると、ご同様らしく、頭の中で覚え書きを繰っている面《つら》をしている。

「これはこれは、《草加屋《そうかや》》の旦那さんじゃござんせんか」隼が大きな声を上げた。「高砂町で何かございましたか」

高砂町の《草加屋》で、伝次郎は相手が何者であるかを思い出した。高砂町にあった鳶の隠れ家について尋ねるために、近隣の者に集まってもらったことがあったが、《草加屋》の与左衛門《よざえもん》はそのうちの一人だった。

「何を暢気《のんき》なことを」

与左衛門が、右手を僅かに持ち上げて叩くような真似をした。年増女のような仕草に、隼が気色悪げに顔を顰《しか》めた。その途端《とたん》、鍋寅が、ああっ、と声を漏《も》らした。どうやら思い出したらしい。

「見たのですよ。この目で」

「何を？」鍋寅が訊いた。

「嫌ですね。嘉助さんですよ。お調べの借家に風を通したり、お日様を入れたりしていた」

嘉助は、鳶の隠れ家を見回っていた時に尚兵衛が使っていた名であった。下谷御箪笥町の煮売り酒屋《おはま》では、作兵衛を名乗っていた尚兵衛だったが、用心のために他の場所では別の名を使っていたのだった。

「どこで見た？」伝次郎が鍋寅を押し退《の》けるようにして訊いた。

「下谷広小路でございます」

「声は掛けたのか」

「すごい人出でしたので、とても声を掛けるどころじゃありませんでした。それに……」

「何だ。みな、話してくれ」

「あまりに身形が違ったので、声を掛けられなかったのです。大層羽振《はぶ》りがよくなってましてね。あれは、一山《ひとやま》当てたに違いない、と睨んでおりますですよ」

太織《ふとおり》無地《むじ》の羽織を着ていたらしい。お店者で言えば、番頭格の者が羽織るものである。

「いつのことだ？」

「昨日のことでございます。それで、旦那か親分さんたちが見えないかとうろうろしていたのです。御番所《ごばんしょ》に出向くのは、ちいと敷居《しきい》が高《たこ》うございますので」

「そこんところを済まねえが」明日、朝五ツ（午前八時）までに南町《みなみ》に来て、嘉助を見掛けたってところまで案内してくれるように言い、その時に、と嘉助の面を見て分かるのを三人程連れて来てくれるよう頼んだ。「嘉助探しを手伝ってもらいてえんだ」

「承知いたしました」

あたふたと帰る与左衛門を見送っていた半六に、元掏摸《すり》の安吉《やすきち》の塒に行き、明朝同じ刻限に来るように言い、いなかったら大家に言伝《ことづて》を頼むように命じた。安吉は八丁堀の手伝いをしていることで、大家からの信頼は絶大なものがあったのである。

「俺たちは見張所に寄ってから、奉行所に戻っているからな」

「では」言うが早いか、半六が鉄砲玉のように駆け出した。

「おっそろしく速いな」

伝次郎が唸っていると、なあに、と鍋寅が痩《や》せた脛《すね》をぴしゃりと叩き、あっしの若い時は、と言った。

「下ろした足が地べたに着く前に、反対の足が前に出てたもんですよ。よく宙を飛んでると言われたもんでやすよ」

伝次郎も隼も聞いてはいなかった。既に歩き出していた二人を鍋寅が追い掛けた。

「待っておくんなさいよ」とは意地でも言えないのか、懸命に足を交互に踏み出している。

竹町の三五郎と子分の酉助と常松は、書物問屋《翁屋》の見張所に詰めていた。

遅くなっちまって済まねえ。伝次郎が握り飯と煮染めを入れた重箱を置いた。

三五郎らが、膝を改め、いつも、と礼を言った。それを制して、

「明日から」と言葉を被せた。「市中を歩いてもらいてえんだが、いいか」

「ここは、どういたしましょう?」

「鍋寅ともう一人を寄越《よこ》すから、竹町の親分たちは真っ直ぐ奉行所に来てくれ」

「ありがとうございやす。こう言っては堪《こら》え性《しょう》がないみたいですが、動きがなかったもので、ちいと煮詰まっていたところでやした」

「ちげえねえ。もう一回くらい出入りがあると思ったんだが、読みを間違えたかもしれねえ。勘弁してくれ」

三五郎に刻限を告げ、伝次郎らは奉行所に戻った。

「ご苦労様でございました」

近の淹れた熱い茶を飲み、人心地付いた頃合に、河野道之助の調べが終わった。手伝っていた天神下の多助が、永尋の控帳を小部屋に戻している。隣の納戸《なんど》には事件に関わる品が収められていた。

「なかなかどうして手強《てごわ》いですな」

河野は八年前に起こった、馬喰町《ばくろちょう》一丁目の蠟燭問屋の主と内儀殺しの一件を調べていた。

「控帳での調べは、ここまでですな」

「なら、多助を貸してもらえるか」

「手が足りなければ、私も手伝いますよ」河野が言った。「少し外にも出たいですしね」

「そいつはありがてえ」

伝次郎は、高砂町の者が、鳶の隠れ家の見回りに来ていた老爺を下谷広小路で見掛けたという話をし、明日から頭数を揃え、老爺の居所を探し出してくれようって寸法《すんぽう》だ、と捲《まく》し立てた。

詰所の戸が開き、入って来た正次郎が足を止め、ややや、と叫んだ。

「何やら、やたらとお元気のようですが」

「何だ？」

「父上から、様子を見て来るように、と言われたので……」

正確には、父上は何やら鬱屈《うっくつ》としているらしい。手伝えることがあれば、と殊《しゅ》勝《しょう》な物言いをして、様子を見てこい。余計なことは言うなよ、というのが新治郎《しんじろう》の言葉であった。

「で、どう見た？」

「すこぶる快調なるご様子ですので」長居は無用であると、これまでの十九年間に培《つちか》った勘が正次郎に語っていた。従うことにした。「これにて……」

だが、遅かった。

「確か、明日くらいは非番ではなかったか」

出仕、出仕、非番と続く、三日に一度の非番の日であった。そうです、と答えた。

「丁度いい」と伝次郎が言った。「明日、手伝え」

「はあ……」

「たっぷり歩かせてやるから、喜べ」

「若、明日はご一緒出来やせんが、お手柄、期待しておりやすからね」鍋寅が、満面に喜色《きしょく》を浮かべている。

何がそんなに嬉しいんだ。正次郎が、様子を見てこいと言った父を恨むか、手伝えと言った伝次郎を恨むか迷っているうちに茶が出された。隼が、熱いですので、お気を付けて、と言っている。

「ありがとう」

湯飲みを受け取り、上澄みを啜っていると、近が正次郎と隼と半六の手に、干し柿をのせた。

早速齧《かじ》り付くと、口中に甘みがさっと広がった。思わず目を細めて甘露《かんろ》に浸《ひた》っていると、

「おい、そこの目出度《めでた》い顔をしているの」と呼ばれた。

自分のことだった。正次郎は、口中の干し柿を飲み込み、はい、と答えた。

「明日のことを話す。まともな面《つら》して、よく聞いていろ」

やはり、こっちを恨もう、と決め、正次郎は耳を傾けた。

奉行所に集まり、下谷広小路に行き、そこで大きく二組に分かれ、更にそれぞれが二組に分かれ、計四組になって嘉助を探すという話だった。

「老爺の名は、本当か嘘《うそ》か分からねえが、嘉助。年の頃は、六十半ば。引き締まった身体をしており、顔立ちは整っているらしい。と言ったが、どこまで本当か怪しい。何しろ、そう言って描かせた似絵では、これまで見付かっていないんだからな。だが、はっきりしているのは、奴には得意技があるってことだ。鳥の鳴き真似だそうだ。芸は身の仇《あだ》ってことをたっぷり教えてやろうじゃねえか」

伝次郎の組は、隼と半六と、八十郎が来たことで身体の空いた真夏に元掏摸の

安吉が加わった。二つに分かれる時は、伝次郎と安吉が組み、残りが隼の組となった。

もう一つは河野の組で、二つに分かれる時は酉助が河野に付き、正次郎、三五郎、常松が三人で一つの組になった。それぞれの組に、与左衛門ら嘉助の顔に見覚えのある高砂町の者が付く。

天神下の多助は、鍋寅とともに佐久間町一丁目の見張所に詰め、吉報《きっぽう》を待つことになった。

六

一月二十四日。

下谷広小路で、伝次郎と河野道之助は二手に分かれた。

与左衛門が、嘉助さんはこちらの方に行きました、と言った池之端方向に固《こ》執《しゅう》したのは伝次郎で、伝次郎は本郷から白山権現に抜け、隼らは根津《ねづ》権現から白山権現に抜ける一帯を見回ることになった。

一方残された河野の組は、忍川《しのぶかわ》を渡り、山下を抜けた車坂町《くるまざかちょう》を過ぎたところで二手に分かれた。河野は酉助を連れて、入谷《いりや》から奥山《おくやま》を経《へ》て今戸《いまど》に抜け、正次郎らは奥州街道裏道一帯を調べてから、投げ込み寺として知られる浄閑寺《じょうかんじ》の手前で東に折れ、日本堤《にほんづつみ》を通って今戸に抜け、河野らと落ち合うことになった。

正次郎は、三五郎と手下の常松、それに高砂町で乾物屋を営《いとな》んでいる助右衛門《すけえもん》の四人で下谷坂本町を北に、道なりに歩き始めた。坂本町は一丁目から四丁目までであり、比叡山延暦寺《ひえいざんえんりやくじ》の門前町として栄えた近江《おうみ》の坂本町の名にちなんで名付けられていた。

「若旦那」と三五郎が正次郎に言った。

正次郎が伝次郎の孫であり、父親は定廻りの二ツ森新治郎であることは、この日の朝に隼から教えられていた。何か粗相《そそう》があってはならねえから、と鍋寅が隼に言わせたことだった。

「こっちは、どういたしましょう?」三五郎が、政右衛門《まさえもん》横町を見ながら言った。

御切手町《おきってまち》に通じている横町で、俗《ぞく》に山道《やまみち》と呼ばれている。

「田畑に囲まれている寮ひとつひとつ虱潰《しらみ》しにしていくとなると、河野さんの調べとぶつかる恐れがあるし、西にある寮を調べるだけでも手に余る数です。東は遠慮しましょう」

西には、石神井川《しやくじいがわ》用水に沿って、根岸や日暮里《にっぽり》など寮が点在する土地が広がっていた。

「承知いたしました」

先に立って歩いていた三五郎が横町を覗き込んだ。

「小間物屋がございやす。嘉助に心当たりがないか、訊いて参ります」

任せた。近くに住む寮番は、楊枝《ようじ》や歯磨き粉を求めにくるはずである。三五郎が助右衛門を手招きした。

「出番だぜ」

助右衛門とともに暖簾《のれん》を潜った三五郎が、嘉助という六十半ばの爺さんを探している、と店の者に言っている。

「寮番か何かに、そんなのがいそうなんだが、心当たりはねえか」

店の者の返事は芳《かんば》しいものではなかった。

「爺さんの人相、身体付きを話してやってくれ」三五郎が身を引き、助右衛門の脇に回った。

「それが……」助右衛門が泣きっ面をしている。

「どうした？」

「はっきりと言えないんでございます」

よく覚えていないのだ、と助右衛門が言った。三五郎が助右衛門を店の外に連れ出して来た。

「年の頃は六十半ばなんだろ？」三五郎が訊いた。

「左様で」

「顔立ちは整っているんだよな？」

「そうです……」

「分かるじゃねえか。口で言えなくてもいい。見て分かれば、御《おん》の字よ。脅《おど》かすんじゃねえよ」

三五郎が、半ば正次郎に言い聞かせるように言った。

「あまり確かではないのですが、それでよろしいのですか」助右衛門が正次郎に言った。

「それは、助右衛門さん、あなた一人だけのことですか」

「いえ……」

助右衛門とともに連れて来られた二人とも、自信はないと言っていたらしい。

「すると、分かってるのは与左衛門さんだけですか」

「あの人は、嘉助さんによく話し掛けていましたから。手前どもは傍《はた》からちらと見ていただけなので。だって、借家の見回りをしているような者と、この先お付き合いしようとは思わないじゃないですか」

そうでしょう、と助右衛門は常松に話し掛けている。

「参りやした。どういたします？」嘉助探しは止めにして、このことをみなに知らせに走るか、と三五郎が正次郎に訊いた。

それも一つの手ではあったが、それだけで一日を潰すことになってしまう。

「大根と瓜《うり》と茄子《なす》は違う。分かりますね？」正次郎が助右衛門に言った。

へっ？　と口の中で呟き、助右衛門は三五郎と常松を見てから答えた。

「そりゃ、分かりますが……」

「いいですか」と正次郎が言った。「嘉助は大根だとします。瓜が来た。あれは、どうだと訊かれたら、大根と瓜は違うから、違うと答えればいい。茄子もそうです。そこに牛蒡が来た。瘦せた大根と黒い牛蒡はちいと見には区別が付かない。そんな時は、かもしれないと答えるんです。私たちは嘉助が大根なのか瓜なのか茄子なのか、とんと分からないのだから、大雑把《おおざっぱ》でもそれらしいのか、違うのか、言ってもらえればいいんです。分かりましたか」

「へい……」

「よく正直に話してくれました。お蔭で、この先大狂いせずに済みます」

助右衛門が正次郎に、次いで三五郎と常松に頭を下げた。

「では、予定通り、聞きながら探しましょう」

気を取り直した三五郎が、二歩ばかり先に出て、坂本町三丁目から西に延びている横町を覗いた。

「この先は御箪笥町《おたんすまち》でございやすが、どういたしましょう?」

「におい ますか」正次郎が訊いた。

「いささか」

「親分の鼻に従いましょう」

坂本町三丁目の角を曲がり、御箪笥町に向かうと、小体な店が軒を並べていた。《おはま》という煮売り酒屋があった。店の戸を半ば開けた女将らしい女が、小女に店先を掃《は》いておくように言い付けている。

「済まねえ」三五郎が、ちと教えてくれ、と言って店の中を覗き込みながら訊いた。「この店に、根岸辺りの寮番さんは飲みに来るかい？」

「多くはないですが」

「その中に、年の頃は六十の半ば……」

伝次郎から聞いていた嘉助の年や容姿《ようし》を並べた。

「六十や七十の爺さんばかりですよ、寮番をやろうなんてのは。誰それなんて区別はつきませんよ」

「鳥の鳴き真似が上手いそうなんだが」

「そんな器用な人はいないんじゃないですかね。言っちゃ悪いですが、みんな、棺桶《かんおけ》に片脚突っ込んでいるような年寄りばかりですからね」

「邪魔したな」

御簞笥町に軒を並べる八百屋、乾物屋、蒲焼《かばやき》屋を始め、石神井川用水を引き入れた金魚屋や自身番を尋ね回ったが、寮番に就いている者は似たり寄ったりで、誰がどう、と気に掛ける者はやはりいなかった。ましてや鳥の鳴き真似の出来る者など、誰も心当たりはない。ひっそりと目立たぬようにしているのかもしれなかった。

建ち並ぶ寺と百姓地を抜け、根岸に出た。

田畑を渡り、石神井川用水の水面《みなも》を掠《かす》めた風が、根岸の木立《こだち》を揺らして吹き抜けて行く。

気持ちがよかった。寮が点在しているのも頷けた。

「沢山ございますが、どうしましょう?」三五郎が正次郎に訊いた。

めぼしいところを一人三軒ずつ訪ね、嘉助らしい寮番に心当たりはないか、鳥の鳴き真似の得意な寮番を知らないか、訊いて回る。それで手応えがなければ、先に進むというのはどうですか。

三五郎に否やはなかった。早速三方に分かれて、木立を挟んで建つ寮に散った。

　それぞれが首を横に振って小道に現われ、また木戸を押して寮の玄関に入り、首を振って出て来た。

「年の頃は、それらしいのがいるのですが、鳥の鳴き真似って言うと、おりやせんですね」

　三五郎が言い、常松に手応えを訊いた。

「ここらは、横の付き合いはほとんどないそうで、けんもほろろでございました」

「同じですね」

　正次郎は序《つい》でに戯《ざ》れ言《ごと》を言った。『けん』も『ほろろ』も雉子《きじ》の無愛想《ぶあいそう》な鳴き声から出た言葉。鳥の鳴き真似をする者を探している時には、こいつは吉兆《きっちょう》かもしれませんよ。

　言っているところに、木立の向こうを行く人影があった。二人である。商家の主と手代を思わせる身形であった。

「吉兆かもしれない。尾けてみましょう」

正次郎が背を屈《かが》めるようにして藪《やぶ》に入り、木立を横切り始めた。三五郎と常松は、あっ、とか、おっ、と呟き掛けたが、正次郎の足の運びに迷いはない。三五郎らと助右衛門は後に続いた。

木戸を通り、竹藪に囲まれた寮の玄関前に、二人はいた。

三十半ばの手代風体の男が、中に声を掛けている。玄関が開けられ、老爺が出て来て、主らしき男に丁寧にお辞儀《じぎ》をしている。主らしい男は、色浅黒く小柄であったが、目の鋭さが群を抜いていた。鳶と宗助である。

木陰から様子を見ていると、訪ねて来た二人が寮番を連れ出そうと誘っているように見受けられた。

「あの寮番は」助右衛門を見て続けた。「嘉助ではありませんか」

「背格好は似ているように思えますが……」

助右衛門は伸び上がるようにして寮番の姿に目を凝《こ》らしていたが、どうも自信が持てないらしい。

「親分」と正次郎が三五郎に尋ねた。「この図をどう解きます？」

「店の主と手代が、寮番を誘っているとしか見えませんが」

「変じゃありませんか」

「あまり見ませんですね」

寮番が頷き、玄関を閉め、中に消えた。家中の雨戸が閉められ、裏から寮番が表へと回って来た。裏のどこかで錠《じょう》を掛けたのだろう。

「随分《ずいぶん》と用心深いようですね」三五郎の眉間《みけん》に皺が刻まれた。

寮番が二人に頭を下げると、手代らしい男が先頭に立って歩き始めた。主が続き、寮番が半歩遅れて、主の問い掛けに答えている。

「今日か明日には、ここを出るというから、美味いものを食べてもらおうと思い立ったんだが、よかったのか」

「お気遣いありがとうございます」

という言葉が交わされているのだが、正次郎に聞こえる訳もない。勘で尾けているだけである。

「若旦那」と三五郎が口籠もりながら言った。「あの三人がどこに行くかを探るより、先に進んだ方が、と思うのですが」

「そうなんですが、何か変なんだな。戸締まりのこと、主が手代と連れ立って、寮番を誘う。手柄を立て、ご褒美に連れ出す。あるかもしれないが、今日である必要はない。それが、今日であり、私が見ることになるってのが、気に入らない」

話しているうちに、伝次郎の口調になったが無視した。

「へい……」三五郎と常松は、顔を見合わせたが、それ以上は言わずに黙って歩いた。助右衛門は、うんざりしていることを悟られないように、頰《ほお》に力を入れた。

やがて三人は、石神井川用水に臨《のぞ》む料理茶屋に入って行った。檜《ひ》皮葺《わだぶき》門《もん》脇の柱行灯に《水月《すいげつ》》と名が記されていた。門を潜ると、くねっと曲がった路地が奥に続き、石畳には水が打たれていた。

「これは値が張りそうでございますね」

「月の小遣いでは、とても足りないだろうな」正次郎が半ば溜息とともに言った。

「あっしんとこでは、月の掛かりよりも高そうです」

「それを馳走《ちそう》するのですか。寮番に？」

「変ですね」三五郎が言った。

「間違いなく、変です。奴らが食ってる間に、寮番と寮の持ち主を調べてください」

三五郎は何かの時のために常松と助右衛門を残すと、名主の屋敷に駆けた。名主の屋敷には人別帳《にんべつちょう》の控えがある。人別帳は六年毎《ごと》に作られる戸籍簿で、江戸市中に居住する者の名などが記されていた。

半刻余の後、三五郎が駆け戻って来た。

「手間取りまして、遅くなりました」

三五郎は常松が差し出した竹筒の水を一息に飲み干すと、懐に収めて来た半切《はんきり》を広げた。

寮番の名は作兵衛。六十七歳。寮番になって四年になる。

借り主は、大坂の白粉紅《おしろいべに》問屋《紅屋《べにや》》藤兵衛《とうべえ》。八年前から借りている、ということだった。

大坂か。正次郎も懐から小さく薄い覚書帳を取り出した。以前の調べで判明した鳶の隠れ家二軒について記してある。高砂町の家は、京の真綿《まわた》問屋《枡屋《ますや》》佐《さ》吉《きち》の持ち家となっていた。佐久間町一丁目は借家で、借り主の名は、大坂の筆墨硯問屋《近江屋》久兵衛。この根岸の寮もまた、京大坂住まいの者が借り主であるというのが気になると言えば、言えた。

「名主の家の若い者が、名主の命を受けて、昼前と夕刻に一帯を見回っているのですが、藤兵衛らしい主従を見ております。先程の主従の特徴を告げますと、そのようでした。で、考えたのですが」

「藤兵衛が大坂に帰る、とか？」

「そうではないか、と」

「分からなくはないが、やはり何か気に入らない。この『何か』がある以上、見過ごせません。暫しの別れの飯にしては、あの料理茶屋は高級過ぎる」

寮番ら三人が料理茶屋に入って一刻程が経った頃、奥の玄関辺りから華やいだ声が聞こえて来た。女将と仲居に見送られ、客が出て来た。《紅屋》藤兵衛と手代と寮番の作兵衛だった。

藤兵衛と手代はそのまま行き、作兵衛と女将と仲居が丁寧に頭を下げて見送っている。作兵衛の所作《しょさ》を頭の天辺《てっぺん》から爪先《つまさき》まで見た。丁寧過ぎるかと思う程であったが、主と寮番の間柄だとすると、分からないではなかった。だが、迷いは捨てた。最初に兆《きざ》した勘に縋《すが》ることにした。

「尾けましょう。私と親分は藤兵衛らを尾ける。常松さんは作兵衛を頼みます。多分、寮に戻るだろうから、見届けたら、私たちを追ってください。道に矢印を書いておきます」

言い終えた時には、左右に散っていた。

藤兵衛らの行き先を見届けようと間合を計り、尾けるのだが、寮を建てようという土地柄である。道を行く者はまれだった。間を空けるしかなかった。その上、手代らしい男が小まめに辺りを見回しているうちに藤兵衛はずんずんと先に行き、それを走って手代が追うのである。こちらも走ったのでは、気付かれてしまう。

「こいつは、無理でやすね。いざって時には、寮番がおりますし……ここいらで」

三五郎の言い分は分かったが、それでも尾けてみたいという思いはあった。だが、ともに動くのは、鍋寅や多助ら日頃慣れ親しんでいる者らとは違い、この日初めて組んだ三五郎らである。勘に頼ってしくじっては、という思いが頭を擡《もた》げ、三五郎に頷き返すしかなかった。そこに常松が追い付いて来た。

「作兵衛は寮に戻りました」

「そうか。ご苦労だったな」三五郎がねぎらった。

「あれっ、尾けないんで？」

「きょろきょろしてやがってな、気付かれそうで近寄れねえんだ。本当に怪しいとなったら、あの寮番を責めれば何とかなるだろうってことで、諦めた」

「そうですか……」常松は正次郎を横目で見て、口を閉ざした。

今戸で河野道之助と酉助の二人と落ち合い、河野に問われるままに、藤兵衛と手代と寮番の話をした。

「ちと、気になるな」詰所に帰ったら、その三人の人相風体を皆に話してみるといい、と河野が言った。

やはり、己の勘を信じ、もっと粘り強く尾けるべきだったのだろうか。正次郎は、河野の背の動きを見ながら、押し黙ったまま奉行所に戻った。

七

伝次郎らは既に詰所に帰り着き、熱い茶を飲んでいた。

「どうだった？　何か手応えはあったか」

河野が話し、正次郎の番になった。一通りのことを話した後で、根岸の寮番を、主と手代が訪ねて来た一件に移った。

「においますね」と即座に隼が言った。「辺りを見回して近付けないようにするところなんて、くさいですよ」

それに、と更に言い足した。

「寮番の老爺ですが、嘉助っぽい気がしてなりません」

「あっしは手代の方です」半六が言った。「宗助って奴かもしれません。面《つら》を正面から拝んだ訳ではないんですが、その目端の利《き》いた用心深さは、舟で逃げやがった野郎を思い出させます」

「てえことは、主ってのが、鳶ってことか」伝次郎が、正次郎に言った。「もう一度、寮番の人相風体を言ってみろ」

聞き終えた隼が、

「嘉助のような気もしますが、自信はありません」

頷いた半六が、

「手代のほうも」と言った。「年の頃は宗助らしいんですが……」

「分かった」伝次郎が、窓障子《まどしようじ》を透かして外に目を遣りながら言った。「明日、与左衛門を連れて、寮番が嘉助かどうか、顔を見て来い」

「これから参ります」三五郎が言った。「若旦那に、もう無理だって言ったのはあっしなんです。鳶の行方は分かりませんが、寮番はいるはずです。行かせてください」

伝次郎は口許に拳を当て暫し考えていたが、止めよう、と言った。朝一で行け。

「戸締まりも裏でしていたそうじゃねえか。もし鳶の一味の嘉助だったら、他にも何か細工をしているかもしれねえ。明るくなってからにしろ」

「承知いたしました」

「正次郎、引き摺《ず》るなよ。町廻りしていればよくあることなんだ。俺には滅多《めった》になかったが、お前の親父にもあった。染葉の旦那にもあった。そうやって、てめえの勘を養うしかないんだからな」

「よく尾けたものだと思うぞ。それが勘所《かんどころ》と言うものだ。忘れるなよ」河野が言った。

「そうなんです。それを申し上げたかったんです。あっしは端《はな》から違う、と決めて掛かってました」三五郎だった。

「とは言っても、そいつらが鳶どもとは限らねえ。真面《まとも》に生きている町屋の衆かもしれねえ。肝《きも》に銘《めい》ずることは、次に生かすってことだ。こっちが動けば、必ず何かが起こるし、返ってくる。それをどう受け止めるかが、人として生きてゆくのに大切なことなのだ」

　詰所の中が静まり返っていた。大真面目《おおまじめ》なことを言ってしまった、という思いが、伝次郎を襲った。妙に気恥ずかしかった。拙《まず》い。誤魔化《ごまか》さねば。正次郎に声を掛けた。

「次の非番は二十七日だな。また頼むぞ」

あっ、という呟きとともに、正次郎の気の抜けた返事が返って来た。

「二十七日は駄目なのです。足の骨を折ったのがおりまして、出仕しなければなりません。代わりに二十八日が非番になったのですが、いいですか」

「前にも骨を折ったのがいたな、あいつか」

それは初出仕仲間で《牢屋見廻《ろうや》り》に配属されていた梶山倫太郎《かじやまりんたろう》のことだった。

「いえ。今は《高積見廻《たかづみ》り》に配されておりますので、別の者です」

正次郎は、《高積見廻り》の同心である倫太郎の父・文之進《ぶんのしん》の許で、実務を学んでいた。

「取っ換え引っ換え、よく折りやがるな。軟弱になったものだ。第一、俺たちの若い頃は、骨を折っても隠して歩き回ったものだぞ」

「旦那」と近が、顔の前で手を横に振った。「時世《じせい》ってものですよ」

「かもしれねえな。今の奴らは半平《はんぺん》とか蒲鉾《かまぼこ》なんぞの柔《やわ》いものを好むが、あれじゃ、鍛《きた》えられねえよな」

「旦那もお好きなのでは？」

「お近には負けるぜ。仕方ねえ。我慢してやるか」

大笑いしているところに、染葉忠右衛門と手先の稲荷町の角次らが帰って来た。七年前に起きた押し込み強盗を追って市中を駆け回っていたのである。

「後は、塒を突き止めるだけだ。その塒も、この二、三日で割れそうなのだ」

久し振りに聞く張りのある声だった。近と隼が、染葉らに熱い茶を配っている。

「これは、お集まりですね」

詰所の戸が開き、染葉の倅の鋭之介が顔を覗かせた。

「何だ、用か」染葉が訊いた。

「早いな。頼んでいた件か」伝次郎が後を引き取った。

「お役に立てるか分かりませんが、一応は」

伝次郎が染葉に、高砂町と亀戸村の隠れ家を見回っていた老爺は、もしかしたら殺しの請け人上がりかもしれないと考え、そんなのがいねえか調べてもらっていたのだ、と話した。

「聞かせてくれ」

「では」鋭之介は、拳《こぶし》の中に空咳を一つ落とすと、「江戸市中か近在にいると思われる者、六十の半ばくらいの者、隠れ家の見回りあるいは寮の番人という地味な立場にあるとのことでしたので、暫く名を聞かなかった者から選んでみました」と前置きをし、請け人の名と殺しに使う得物と塒を認《したた》めた書き付けを読み上げた。

「苔虫《こけむし》の綿造《わたぞう》。六十八歳。鎌《かま》で斬り裂いて殺すのを好むようです。七年前に四《よ》ツ谷《や》の大木戸近くの長屋から姿を消し、以降所在は不明です」

「いた、いた」染葉が言った。「奴の殺した後は血潮がすごくてな。往生《おうじょう》したもんだ」

「違うな」伝次郎が応じた。「あんな殺しをする奴がおとなしく見回りや寮番に収まるとは思えねえ。よれよれになっても、虫や花を踏み潰しているだろうよ」

「俺もそう思う」染葉の機嫌はよかった。

「次に行きます。宵闇《よいやみ》の倉吉《くらきち》。六十六歳。分かっているだけで三人、錐《きり》で心の臓を刺して殺しています。やはり血の海でしょうね。五年前に柳橋《やなぎばし》の平右衛門《へいえもん》の借家を出てからは消息が不明になっています」

「月の出ていない宵闇に紛《まぎ》れて殺すって奴だったな。殺しの刻限を宵闇に絞ってたのが裏目に出て、身動きが取れなくなっちまったのか、ぱたりと途絶《とだ》えたが、どう思う?」

「見回りに就くか」染葉が、河野に訊いた。

「もう殺しは出来ないと思い極《きわ》めれば、もしかしたら、ということはありますね」

「よし。頭に叩き込んだ。次を頼む」

「三番目は、お待たせいたしました。鳥の鳴き真似が出来るという請け人です」

「何だと」伝次郎が鋭之介を睨み付け、立ち上がった。「今、何と言った?」

「話せ。どういうことだ?」染葉が二人の間に入った。

「俺は、請け人を探してくれと頼んだ時、鳥の鳴き真似をすることを話した。なのに、お前の倅は、苔虫とか宵闇とかあちこち遊びやがって、肝心の奴を最後に出してきたんだ。これを怒らずにいられるか」

「そうなのか」染葉が鋭之介に問うた。

「確かにそうですが、私たちが何日も詰所に詰めて、頭から火を噴いているところにいらして、調べさせてやる、というような言われ方をされたので、つい……」

「そうか。分かるぞ。鋭之介の気持ちは、よく分かる。無理もない。俺でも、そうしたかもしれない」

伝次郎、と染葉が言った。

「俺やお前、河野もそうだ、八十郎や太郎兵衛もそうだ。俺たちの間では、何を言いやがって、で通じることが、一歩外れると相手を怒らせることがあるんだ。それを分かってくれ。鋭之介は、親が言うのも変だが、才はある。見所もある。上手く使ってもらえば、思いの外役に立ってくれる男だと思う。だがな……」

「父上」

鋭之介が怒っていると見せ掛け、照れを隠しながら染葉を制していると、済まん、と言って伝次郎が膝に手を当てた。

「俺は、染葉の倅だからと、そなたに少し甘えていた。いや、少しではない。大いに心安立てに振る舞っていた。これから気を付けることにするでな、許してくれ」

ややや、と言い返したのは鋭之介であった。

「何を仰しゃいます。永尋としてのお調べなのに、私の方こそ申し訳ありませんでした……」

染葉が、鋭之介の肩に手を当て、頷いている。この時、伝次郎が頭を起こす頃合を計っていることに、詰所にいた半分の者が気付いていた。染葉親子二人は、気付いていないほうである。伝次郎がゆると頭を上げ、鋭之介に言った。

「で、その請け人だが、名は？」

「懸巣の尚兵衛です。六十七歳。得物《えもの》は、千枚通《せんまいどお》し。この四年程、殺しの噂《うわさ》は絶えています。元々決まった塒を持たない者のようで、江戸にまだいるのかは不明ですが」

「鳶との繋がりは？」

「それも分かっていませんが、殺しは鳶の狩場の江戸と大坂での話しか伝わっておりません」

「ありがとよ。流石《さすが》は染葉の倅だ」

詰所にいた半分の者が、そっと目を見合わせた。

その小半刻後――。

半六の姿は佐久間町一丁目の見張所にあった。見張所には鍋寅と元掏摸の安吉がいた。もう半刻くらいでお開きにするか、と話しているところに半六が、伝次郎の言付けを伝えに来たのである。

「もう一日頼む、と仰せです。それから、今夜の軍資金をお預かりして参りました。飲み過ぎないように、とのことです」

「旦那は？」鍋寅が訊いた。

「散々歩き回ったので、早めに帰るってことで。正次郎様とお戻りに」

「早《は》ええな」

まだ六ツ半（午後七時）を過ぎたばかりだろう。いつもならば、悪口の花が咲いている頃である。瞬間、お身体の具合でもと思ったが、即座に打ち消した。ねえ、そんなことは金輪際《こんりんざい》ねえ。となると、軍資金が気になった。

「幾ら預かった？ それによって河岸を決めねばならねえからな」

半六が懐から手拭いを取り出し、折り畳んでいたそれを開いた。光っているのが一粒しかない。

「それでは《磯辺屋《いそべや》》は無理だな。《時雨屋《しぐれや》》に行くか。旦那には言うなよ」

《磯辺屋》は小網町にある船宿で、仲居の登紀《とき》は鍋寅のご贔屓《ひいき》だった。《時雨屋》は、竹河岸にある居酒屋で、女将の澄《すみ》が伝次郎にぞっこんの店であった。

「言いません。ですが、そう言うだろうと仰しゃっていました。お見通しです」

「けっ」

鍋寅が、悪態を吐こうとしている時――。

伝次郎と正次郎は、八丁堀の組屋敷に帰り着くところであった。

「尾けろ、と言い出せなかったのか」突然伝次郎が口を開いた。

「自信がなかったので……」

伝次郎は、木戸をぐいと押しながら、飯を食い終えたら離れに来い、と言ってずんずんと玄関に向かった。木戸が軋んだ。奥にいた母の伊都《いと》が、音に気が付いたのだろう。廊下を急ぎ来る気配がした。

「腹が塞《ふさ》がればよいからな」

伊都にそれだけ言い置いて、伝次郎は離れに回ってしまった。

まさかこのように早くにお戻りになられるとは、とか、火を落としておりましたので、と伝次郎に聞こえるように言いながら、「何かあったのですか」と小声で訊く伊都に、別に何も、と答え、正次郎も自室へ着替えに向かった。

厨から、ことことという音が聞こえて来る。

着替えを済ませた伝次郎と正次郎は、居間で膝を突き合わせている。

膳が運ばれて来た。

練り物と根菜の煮物と、小松菜と豆腐の味噌汁に、香の物とご飯であった。

黙って箸を使う伝次郎に向き合い、正次郎も黙々《もくもく》と箸を口に運ぶ。

食べている時は口を利かない。それが武家の習いなのだが、重苦しさに耐え兼ねた伊都が、二人を交互に見、お代わりを尋ねる。

正次郎が飯椀を差し出す。次いで、汁椀を渡す。これで、と止めようと思うのだが、食べられるのだ。腹に入ってしまう。

「いつまで食ってる？」伝次郎が言った。

「何かあったのですか」伊都が伝次郎に訊いた。

「何でもない」

伝次郎は立ち上がると、食い終えたら来い、と言って廊下に回り、敷石に下りている。

「どうしたのです？」伊都が正次郎に訊いた。

「大したことではありません。小言を言わせるのも孝行でしょう」

味噌汁の残りを流し込み、正次郎は廊下から庭に下り、離れの引き戸を開けた。

「遅い」伝次郎の声が狭い土間に響いた。

「さっさと座らぬか」

顎で位置を示した。座った。伝次郎は、凝《じ》っと正次郎の目を見詰めると、ゆるりと口を開いた。

「俺はお前に文句ばかり言ってきた。しかし、お前はひょっとすると、二ツ森の血筋では抜きん出た逸材《いつざい》かもしれん、ともこっそり思っていた」思い出せ、と伝次郎が言った。「小姓組番の者らに襲われた時のことだ」

昨年八月の話である。『逢魔刻』の一件の後、小姓組番頭・関谷上総守の無念を晴らすべく、小姓組組下の者どもが伝次郎らを襲撃する事件が起こった。

「お前は冷静だった。己《おのれ》より腕の立つ者相手に怯《ひる》まず戦い、手傷まで負わせた。それだけではない。その前にも、刺客《しかく》に襲われたことがあった。俺は舌を巻いていた。お前と同じ年の頃、俺はもっと使い物にならなかった。お前のように探索に手を貸すこともなく、大きな声では言えぬが、こっそりと悪所にも出入りしていた。お前の父親は身ぎれいにしていたので、そのようなところに出入りはしていなかったが、やはり探索とは無縁であった。御役目には生真面目に向き合ってはいたが、才の欠片《かけら》も感じられなかった。だが、若い頃の俺たちと、お前には決定的に違うところがある。己が同心の子であり、やがて同心を継ぐという覚悟の有無だ」

お前には、覚悟が足らぬのだ、と伝次郎が語気を強めた。

「同心一人の力量など、高《たか》が知れている。御用聞きが何を探って来るか。それが探索の大きな力になるのだ。御用聞きを思いのままに走らせ、見張らせ、動かせなければ、俺たちだけではどうにもならん。そこに遠慮とか気後《きおく》れとかの入る余地はない。極端な言い方をすると、命ずる者と従う者がいればいいのだ。分かるか。同心になるということは、命ずる者になるという覚悟だ」

「……………」

「大江戸八百八町をどう見回るか。南北の定廻りが、合わせて十二人、臨時廻りが十二人。自身番もあるが、手が足らん。どうしても御用聞きが要《い》る。御用聞きを手足のように使わねば、市中の隅々まで目は配れぬのだ。定廻り、臨時廻りは特にそうだが、高積でも他のところでも頻度は違うが、彼《か》の者どもを使う。そこに変わりはない」

組屋敷の木戸が鳴った。卯之助《うのすけ》らの声がしている。新治郎が帰って来たらしい。伊都が出迎えている。卯之助が引き上げたらしい。伊都の声が急に低くなった。

「早いな」

と伝次郎が呟くように言った。

「そろそろ止めるが……。お前は、鍋寅一家や卯之助一家の者らに丁寧な物言いをしていた。そのうち直すだろうと見ていた。時折、よさげになることもあったが、直ぐ戻っていた」

「はい……」

「直せ。普通は知らぬ間に直ってゆくのだが、お前は腹に力を入れ、心して言わねば直らんだろう。それから、己が怪しいと睨んだら押し通せ。躊躇《ためら》うな。引くな。正しいのは己一人だと思え。但《ただ》し、相手が俺なら引け。格の違いだ。俺の方が正しいに決まっているからだ。御用聞きが相手なら下がるな。間違ってもいい、下がるな。いいか。鍋寅なんぞに……」

鍋寅の真似をしているらしい。少し背を丸め、手をひょいと伸ばし、高い声を出した。

「『流石、若旦那、ですよぉ』なんて言われて、いい気になっているんじゃねえぞ。しゃんとしろ」

母屋《おもや》の廊下に気配が立ち、敷石を渡る下駄の音がした。

「新治郎です。何かございましたか」

声に一瞬遅れて引き戸が開き、土間に入って来た。

「少し思うところをな、話していたのだ」早かったな、と言葉を継いだ。

「鳶らしいのを尾け損ねたとか」

「耳も早いな」

卯之助が奉行所の控所で聞いたらしい。

「それが御用聞きだ。あっという間に話は広まってゆく」伝次郎が正次郎に言った。

「はい……」

「そのことで意見をしていたのだ」

伝次郎が、掻《か》い摘《つ》まんで話した。

「家督を継いだ時、家に出入りの御用聞きをどう扱うか。多くの与力、同心の家で、起きている問題だ」新治郎が、ゆるりとした口調で正次郎に言った。

「ただ一方的に命じている親の言動を見、そのままったく同じように命じている倅もいれば、親の言動を余所《よそ》に、年長の者として接し始めてしまった者もいる。私がそうだった。卯之助は父上の許にいた。それが私のところに来た。あれやれ、これやれ、行け、走れ。なかなか言えなかった。誰でもではないが、通る道だ。案ずることはない。そのうち慣れる。知らぬ間に、命じられるようになる」

「……………」

「今、肝に銘じておくことは、『てめえがこれだと思ったら押し通すってことだ。押し通す勇気と折れる勇気を持つのだ。間違えたら、済まん、と言えば済む。言えなければ言わなくてもいい。それらしい態度を見せてやっていれば、そのうち言えるようになる。言った方が楽だからだ』。私の言葉ではない。私が父上に言われた言葉だ」

「うるさいわ」

伝次郎は手を頭に上げると、月代《さかやき》をぽりぽりと掻いている。

「後、何か、ございますか」新治郎が訊いた。

「いや。言いたいことは言った」

「では、二人とも明日は出仕日ですので」

新治郎が正次郎を促した。あっ、と言いそうになった声を飲み込み、正次郎が畳に手を突いた。

「ありがとうございました。先達《せんだつ》のお言葉、日々嚙《か》み締めます」

「うむ」

伝次郎が再び月代辺りに手を当てた。人差し指と中指が、小さく動いていた。

敷石に下駄を脱ぎ、母屋の廊下に上がった。

「先は長い」と新治郎が言った。「これからいろいろなことが起こるだろう。たとえ後を継いだからと言って、同じように歩める訳ではない。その都度《つど》立ち止まることになるはずだ。父上や私が言ったことは、私たちが立ち止まった時に考えたことだ。よく噛み締めて、諾《だく》とするところは得、非《ひ》とするところは捨てるがよいぞ」

聞きながら正次郎は、どうして先達は父上のように穏やかな物言いが出来ぬのか、と考えていた。ふっ、と顔を上げると、新治郎と目が合った。

「はい」と答え、頭を下げた。

廊下の奥から伊都が急ぎ足で近付いて来た。白い足袋《たび》が、生き物のように暗い廊下の上で跳ねている。

「大丈夫でしたか」

「案ずることではなかった。二ツ森家の後継ぎとしての心構えを講釈しておられた。約《つづ》めて言うと、そう言うことだな」

「左様でした」正次郎が答えた。

「あら、ま。心構えでございますか」

伊都が離れを見た。障子の隅を伝次郎の影がよぎった。

「腹は、どうだ？」新治郎が正次郎に訊いた。

「少し減りました。先程は食べているようではなかったので」

「何かあるか」新治郎が伊都に訊いた。

「ございますが……」

「正次郎、付き合うか」

「勿論でございます。喜んで」

いそいそとした足取りで居間に向かう正次郎の後ろ姿を見ながら、新治郎は頭に手を当て、月代の辺りを掻いた。

八

同二十四日。

刻限は、伝次郎と正次郎が奉行所を出、帰路に就いた頃に遡《さかのぼ》る――。

鳶は宗助と蓑吉とともに、本所の横川《よこかわ》に面した中《なか》の郷横川町《ごうよこかわちょう》の居酒屋の二階にいた。この店の二階を好きなように使うため、鳶は来る度《たび》に過分《かぶん》な心付けをはずんでいた。北本所表町の隠れ家からは道なりに真っ直ぐ東に下り、横川に行き着いたところで南に折れ、開運除疫《じょえき》の神である妙見社《みょうけんしゃ》を斜めに見上げる横町の入り口にあった。表町からは六町半（約七百メートル）程離れていた。

「あの二人は？」と鳶が蓑吉に訊いた。

忌左次と得兵衛、《渡し守》の二人のことである。

「石原新町の塒に寄ってみましたら、太郎兵衛の家を見に行くところでした。昼に行って、またこの刻限もです。覗くにしても、もう雨戸を閉《た》てられているでしょうし……」

「おかしいか」鳶が言った。

「そんなことはないのですが、日に何遍《なんぺん》もってのは……」

「金で人を殺そうなんて者は、多かれ少なかれおかしいものだ。お前も、俺もな。人のことは言えねえよ」

「へい……」

蓑吉が鍋の蓋《ふた》を取った。ふわりと湯気が天井に上がった。

出汁に酒と味醂《みりん》と醬油を注《さ》し、塩を落とした鍋に、摺り下ろした蓮根《れんこん》と荒微塵《あらみじん》に切った蓮根を丸めた団子と葱《ねぎ》と油揚げを入れ、好みで大根おろしと一味で食べるのである。この店お勧《すす》めの一品であった。鳶が箸を伸ばし、次いで宗助が続いた。箸を使いながら、餅を頼む、と宗助が蓑吉に言った。

「いいな。こっちにもくれ」鳶が言った。

蓑吉が団子や葱を脇に寄せ、鍋の端に餅を滑り込ませていると、やはり気になります、と宗助が鳶に言った。

尚兵衛と料理茶屋の前で別れた後、誰かに尾けられたような気がしたことは、二階で落ち合った時に蓑吉も聞いていた。

「知られているはずはない。人影でも見たのか」

「いいえ」辺りを見回す振りをして何度か見たが、それらしい者は見えなかった、と宗助が言った。

「気が高ぶって来ると、幻を見たり聞いたりするからな。世の中、半分は馬鹿《ばか》と阿呆《あほう》だと思ってりゃいいんだ。とは言え、佐久間町のこともあるか」

分からねえんだよな、と鳶が言葉を継いだ。

「あそこが、どうしてばれちまったのか。出入りしていたのは、蓑吉だけだ。心当たりはねえんだな？」

「ございません」

「分からねえ……」

鳶は蓑吉を見た。凝《じ》っと顔を見た。嘘を吐く男でないことは、分かっていた。が、いつもと何かが違う。目、鼻と続いて、口許を見た。蓑吉が宗助に助けを求めるように顔を向けた。蓑吉、と鳶が言った。

「てめえ、楊枝はどうした？」

へっ、と声を上げ、ここに、と蓑吉が襟許《えりもと》を指《さ》した。黒文字《くろもじ》の枝を削《けず》って作った楊枝が縫《ぬ》い目に刺し込まれていた。

「ありやすが……」

「それだ」

あまりに見慣れていて気付かなかったが、その癖のせいじゃねえか。

「楊枝を銜《くわ》えているところを奉行所の者に見られた。そうとは言い切れないかもしれねえが、そうとしか考えられねえ。止めろ」

「止めます」蓑吉が言った。

「申し訳ありません」宗助が言った。「あっしの不注意でした。何度か止めさせようと思ったことがあったのに、言っておりませんでした」

「決まった訳じゃねえが、それしか思い浮かばねえんだ。間違っていたら済まねえが、止めてくれ」

「たった今から、二度と楊枝は銜えやせん」

蔦に頭を下げ、兄ぃも済まねえ、と宗助にも頭を下げた。

「その素直なところが、お前のいいところだ」

「楊枝です。間違いございやせん。あっしは女武芸者に、前の夏、二度見られています」

一度目は赤堀先生の長屋近くで、二度目は桜河岸です。ひょっとしたら、どこかで、また。蓑吉が言った。

「そうか。分かった……」

「本当に、本当に、申し訳ありやせん」

蓑吉が畳に手を突いた。

「もういい。頭を上げろ」

宗助が頭を上げるよう口添えをした。

「お前は今、命がある。命があるってことは、勝ちに繋がっているってことだ。取り返してくれ」

「命に代えても」

「おうっ、その意気だ」

鳶は笑うと、餅は、と蓑吉に訊いた。

「間もなく、煮えます」

「そうか」鳶は、蓮根の団子を大根おろしに沈めて冷ますと口中に放り込み、明後日だ、と蓑吉に言った。「手頃なのは見付かったのか」

「へい。何をするかという話はせず、身体だけ空けさせております」

「それでいい」

餅がとろとろになった。

「取り分けやしょう」

鳶が取り分け皿を差し出した。

「大根おろしも足してくれ」

同じ時、《渡し守》の二人、即ち《すなわ》忌左次と得兵衛は、夜の闇に沈んだ太郎兵衛の家を後にし、亀久橋を南から北に渡り、二十間川沿いに西に向かって歩き出したところだった。

首を竦《すく》めるようにして半町程歩を進めた時だった。忌左次がふいに、

「明日は、晴れるかな」と得兵衛に訊いた。

「いや、曇りで、もしかすると落ちて来るかもしれませんね。明後日から暫くは、晴れますが」

「当たるからな」

「足がどの程度疼《うず》くかで分かるんですよ」

「疼き方が弱いのか。そうか」また空を見上げた。

「へい……」

どう襲うか決まったのだ、と得兵衛は合点《がてん》した。忌左次がよく話すのは気持ちに余裕が出来たからなのだろう。これは勝ったな。安堵《あんど》しようとする心を抑えた。

海辺橋の北詰で北に折れた。ほんの少し町屋が続き、武家屋敷がそれに代わり、小名木川《おなぎがわ》の手前でまた町屋になった。海辺大工町《うみべだいくちょう》である。町を抜けた先にある高橋《たかばし》の南詰に屋台が出ていた。蕎麦《そば》屋と蒟蒻《こんにやく》の味噌田楽《でんがく》の屋台だった。味噌の焼けるいいにおいが漂っていた。蒟蒻に、味噌を酒と味醂と砂糖で溶き、鷹《たか》の爪を混ぜたものを塗り、炭火で焼いているのだ。

「どうです？　温まりますよ」

これまで屋台の前を通っても誘ったことはなかったが、今日くらいはいいか、と声を掛けてみた。

「そうだな」

珍しく忌左次が受けた。得兵衛は田楽の代金を払い、二人で並んで蒟蒻に齧《かじ》り付いた。ぷりっと噛み切れる蒟蒻も、焼けて焦げ目の付いた味噌も、ひどく美味《うま》く感じられた。

「もう一本、もらおうか」忌左次が言った。

「ありがてえ」得兵衛が、残りの蒟蒻を口に押し込んだ。惜しみ惜しみ食べていたのだ。

高橋を渡る。五間堀《ごけんぼり》を越え、竪川《たてかわ》に架《か》かる二ツ目橋まで八町余（約九百メートル）。真っ直ぐな道程である。

「あの二人には、覚えがある」歩き始めた忌左次が、言った。

あの二人が誰を指すのか。得兵衛は言われなくとも分かった。

「太郎兵衛は顔を合わせた程度だが、八十郎には嫌と言う程覚えがあるのだ……」

聞いてくれるか。忌左次が顔を前に向けたまま言った。

「へい」

「父が江戸を売り、母と俺を伴って青墓に行ったのは、俺が十四の時だった。江戸生まれで江戸育ちの身には、青墓は地果つるところに見えた」

「よくそう言って、道端の花を切り飛ばしていました。一度は畑一面の葱坊主を切り払って、大騒ぎになったこともありましたね」

濃密な葱の香が漂う只中にいた己を、未だに鮮明に覚えていた。

「それでみんな更に俺を遠くから見るようになったが、得だけは近付いて来てくれた。ありがたかったんだぞ。言ったことあったよな」

「もう二度聞いてます」

「二度もか。そうか。なぜ親父が江戸を売る羽目になったかは？」

「御父上からも忌左次さんからも聞いてはいないのですが、お袋が御母上様から少しだけ聞いております」

「何で父上には様がなく、母上には様が付いているんだよ」

「御母上様は菩薩《ぼさつ》様でしたから。おれはあんな綺麗《きれい》な人は見たことがなかった。何しろ、あの汚《き》ったねえお袋とか、髪を振り乱している叔母とか、牛のような隣のおっかあばかり見ていたもんで」

忌左次が息を吸い込むような笑い声を上げた。

「笑っちゃ済まねえが、ありがとよ」で、どこまで聞いたのか尋ねた。

「江戸で、東国の大藩の江戸詰の方と諍《いさか》いを起こしたためと」

「その先は？」

「いえ、これだけで。お武家様のことですので、お袋には分からないし、おれもそれ以上は聞きづらいし……」

「そうか」

町屋を歩いている時は軒行灯やお店から漏《も》れてくる灯りがあったが、武家屋敷と寺に挟まれた道になると足許が闇に沈んだ。

「冷えて来たので、後は帰ってからにしますか」得兵衛が訊いた。

「駄目だ」忌左次が言下に答えた。「面突き合わせて話すのは嫌だし、鳶の元締らが来ないとも限らない。あいつらに聞かせる話ではない。得が聞いてくれればそれでいい」

「分かりました。話の腰を折って申し訳ありません」

「いや……」

二ツ目橋を渡った。そのまま北に進み、御竹蔵の前を通り、十一町（約一千二百メートル）程のところにある向井将監《むかいしょうげん》屋敷の土塀で東に折れると、やがて隠れ家に着くことになる。

「父と歩いていた時のことだ」

忌左次は一旦言葉を切ると、眉根を寄せて息を吸い、改めて口を開いた。

「ひどく酒に酔った侍が三人、町屋の者に絡んでいた。父親と十六、七の娘であった。娘に酌《しゃく》をしろと言っているらしいのだが、お国訛《なま》りがひどくてな。お蔭で、江戸詰になったばかりの東国の藩士であることが分かった。『無体《むたい》なことをするでない』『何を、浪人風情《ふぜい》が』。間に入った父に刀を抜いたのだ」

「…………」

「あの父だ。酔った三人の田舎《いなか》侍など相手にならなかったが、相手が執拗《しつよう》だった。刀をやたら振り回してな。娘御の父親の腕を掠め、怪我《けが》を負わせたのだ。そこに至り、父はその者の右腕を斬り落とした。怒って向かって来たもう一人の者は、右の親指を斬り落とした。三人目は父の腕に怯《おび》え、腰を抜かしおった。そこに駆け付けて来た定廻りが、花島太郎兵衛だ。花島は父娘から話を聞くやら医師の手配をするやらし、父も詳細を聞くことになるからと名と住まいを聞かれ、その日は家に帰った。当時、父は浪人であったから長屋住まいであった。その夜、訪れて来たのが、あの一ノ瀬八十郎だ。彼奴《きやつ》も当時定廻りの同心でな。花島から話を聞き、駆け付けて来たという訳だ」

「お知り合いだったので?」

「そうだ。父は仕官の口を探しながら道場に通っていた。堀田原《ほったつぱら》の南の福富町《ふくとみちよう》にあった新当流《しんとうりゆう》の道場だ」

新当流は、常陸国《ひたちのくに》鹿島《かしま》の人・塚原卜伝《つかはらぼくでん》が興《おこ》した流派であった。

「父は宮田《みやた》流の小太刀《こだち》の皆伝《かいでん》であったが、他流の良きところも学びたい、と入門していたのだ。それとまったく同じ思いで八十郎も道場に通っていた。八十郎は古流古賀流であった。この二人に、やはり浪人だった枝村修蔵《えだむらしゆうぞう》を加えた三人は、馬が合ったのだろう、よく三人で稽古をし、飲み歩いたらしい。友のいなかった父が友垣のことを話すとすれば二人のことだった。その八十郎が、腕を斬り落とした侍が死に、指を斬り落とされた奴が、家名を汚したからと、首の血脈を斬って自害したと伝えに来た。この二人の死が日下部家に逆風となって襲って来た。それまでは、田舎侍が酔って身を滅ぼしたと言っていた世間が、何も腕や指を斬り落とすこともなかっただろうに、と言い出すようになった。東国の大藩は、世間の風潮《ふうちょう》に乗じて、父を悪者にし、父との決着を申し出て来た」

「………」

「八十郎や南町がどう動いてくれたのかは知らない。父のために、奉行所挙げて動いてくれたのならば、江戸を売る羽目にはならなかったのでは、と思う」

「ご一家で青墓に移られたのは、そのためでしたか」

「いよいよ江戸を去ると決心した時に、そのことを父に尋ねたことがあった。父は怒るでも笑うでもなく、こう言った。『運が悪かったと思うより仕方ない。己の身に起きたことは、己の裁量で解決するしかないのだ』」

「………」

「だから俺は、八十郎も南町も逃げたのだ、何もしてくれなかったのだ、と思うことにしたのだ」

「それで、お侍の理不尽《りふじん》な振る舞いを許せないんですね」

「そうだ……。詰まらないことを聞かせた。誰にも言うなよ」

「言う相手がいませんので」

互いに、互い以外の者とは心を開かずに生きている二人だった。

「よくお話しくださいました」

得兵衛が頭を下げる気配が伝わって来た。

御竹蔵を覆う暗く重い空が後ろに流れてゆく。二人は向井将監屋敷の角で東に折れた。北割下水の隠れ家までは間もなくである。途中の町屋には、辺りにある大名家の下屋敷の中間小者相手の煮売り屋や居酒屋があったが、間もなく請け人稼業の出番である。下手《へた》に足を運んで、万が一にも悶着《もんちゃく》を起こす訳にはいかない。

「帰ったら雑炊《ぞうすい》でも作りますか」得兵衛が訊いた。

「卵があったら、落としてくれれば、それでいい」

「確か、あったはずです。美味いのを作りましょう」

「明日にでも、元締に二十八日でいい、と伝えてくれるか」

「分かりました」

「…………」

腰高障子から漏れてくる灯を受け、忌左次の横顔が微かに闇に浮かんだ。唇《くちびる》を固く結び、目の前の闇を見据えていた。

九

一月二十五日。

伝次郎と隼と半六は、竹町の三五郎の案内で、高砂町の与左衛門を連れて、根岸の寮番・作兵衛の顔を見に行った。

寮を見通す藪には、五ツ半（午前九時）前に着いた。木戸も閉まり、雨戸も閉てられている。

「奴は、寝坊助《ねぼすけ》なのか」

「そんなことはないと思いやすが……」

ちいとお待ちを。三五郎は伝次郎に言い置くと、手下の酉助と常松に近くの寮を訪ね、作兵衛を見なかったか、訊くように言った。

「もしかすると作兵衛は辞めたのかもしれやせん」と伝次郎に言った。「辞めたとなれば、馳走したことも、見送りが丁寧だったことも、納得がゆくってもんでございます」

三五郎と手下らが三方に分かれて駆け出して行き、間もなくして戻って来た。

「出掛けるのを見た者がおりました。刻限は朝五ツ（午前八時）頃。小さな荷を担いでいたようです。手甲脚絆《てっこうきゃはん》を着けていたかを訊くと、そこまで注意して見ていなかったが、多分着けていなかった、ということです」

「気を回して、よく訊いてくれた。ありがとよ。だが、これで戻って来るかもしれねえって目も出て来た訳だ」

済まねえが、と三五郎と手下の二人に言った。今夜は宵五ツ（午後八時）まで。明日は朝から日没まで、ここで張ってくれねえか。

与左衛門が、これは拙《まず》い、という顔をして、三五郎の背に隠れようとしている。名を呼び、頼む、と追い打ちを掛けた。

「嘉助の顔が分かるのはお前さんだけだ。助けてくれ。その代わり、向こう三十年、高砂町は南町が守ってやるからな」

「あの」与左衛門が言った。

「何だ?」

「旦那は、後三十年、同心を、あの、おやりに?」

「長生きの相が出ているのかい。ありがとよ。だが、生憎《あいにく》そうじゃねえ。倅が定廻りをしているから、よく頼んでおいてやるってことだから、心配するな」

「あっ、はい。では……承知しました」

「……何か気に入らねえが、今は問わねえ。任せたぜ」

三五郎に今日の昼と晩の飯代と明日一日分の飯代を渡し、根岸を後にして佐久間町一丁目に回った。高砂町の仕舞屋の見張所である。

路地の入り口に立ち、見張所のある書物問屋《翁屋》の二階を見上げると、窓障子が細く開いていた。鍋寅と多助の二人が、欠伸《あくび》を噛み殺しながら、路地奥の仕舞屋を見張っているのだろう。唐本、和本、仏書など、七度生まれ変わっても鍋寅なんぞが読みそうもない本の間を通り、二階に上がった。気付いた鍋寅が、

「こりゃこりゃ、旦那」と言いながら、半六が手に下げている風呂敷包みを見た。

これで昼飯の心配がなくなったと安堵したのだろう。頬が緩んでいる。食い気

しかねえのか、と嫌みを言う前に多助に、変わりは、と訊いた。何もなかった。

二人が煮物と握り飯を食っている間、隼と半六に見張らせ、明日も頼むぜ、と言い置いて見張所を出た。辺りを見渡したが、怪しい人影はなかった。

「行くぞ」伝次郎に続いて、隼と半六が素早く《翁屋》から離れた。

しかし、既に六ツ半（午前七時）前、蓑吉は見張所に鍋寅と多助が詰めるところを見ていた。二人は小路を入り、仕舞屋の前まで行くと、引き戸に印か仕掛けでも付けてあるのだろう。それを見てから、玄関を調べ、《翁屋》の裏に回って行った。

「今日は、爺《じじい》が二人か。明日も同じか、だな」

一月二十六日。

引き戸にも玄関にも、誰か人が出入りした形跡《あと》はなかった。蓑吉は戻っていない。

「やはりここは、捨てられたと思った方がいいんじゃねえかな。どう思いやす、天神下の？」

「そうよな。鍋町の言う通り、もう使われそうもねえな。と言っても、旦那のご命令だ。今日一日は力《りき》入れて張り付くしかねえか」

「その律儀《りちぎ》なところが偉《えれ》えもんだな。見習わせてもらいますぜ」

軽口を返そうとした多助の耳に、路地に駆け込んで来る荒い足音が聞こえた。鍋寅にも聞こえたらしい。目が合った。二人は細く開けた窓障子に飛び付いた。

蓑吉が窓障子の下を通り過ぎ、仕舞屋に向かって走っている。

路地の入り口に飛び込んで来た一人が、あそこだ、と言って蓑吉の後を追った。もう二人が続いた。蓑吉は表戸を開けずに裏に回った。追って来た一人が、表戸をこじ開けようとして手間取っている。追い付いた二人が、蹴り開けろ、と怒鳴った。蹴り破られた玄関から三人が入り込んだ。

「どうしよう?」多助が言った。

「飛び出す訳にもいかねえが、殺されちゃ元も子もねえ。下に行ってましょう」

二人は階段を駆け下り、《翁屋》の表に回り、路地の入り口から仕舞屋を見た。追っ手の一人が、引き戸を巻き込んで路地に転がり出て来た。蓑吉が引き戸と男を跳び越え、走って来る。風呂敷包みを抱え、右脚を傷《いた》めたのか、軽く引き

た。
蓑吉が行き、追っ手の三人が駆け抜けて行った。鍋寅と多助が、後ろに付い
摺《ず》っている。鍋寅と多助は、暖簾の陰に隠れた。

蓑吉は、佐久間町一丁目から裏の麴町平河町《こうじまちひらかわちょう》一丁目代地へと抜ける細道を、右に左にと巧《たく》みに抜けている。土地の者でなければ、撒かれただろうが、追っている三人はどうやら土地に詳しいらしい。ぴたりと付いている。三人組は、蓑吉を尾け、どこに行くか探ることにしたようだった。

「ありがてえが、まどろっこしいな」

直《じか》に尾けた方が、撒かれる恐れが少ない。その心配が、まどろっこしく感じられたのだ。こちとら、物心が付く前から尾けてるんでえ、どきやがれ、と吠《ほ》えたい気分の二人だったが、蓑吉がどこまで行くのか分からない。三人の後から、無駄口を叩きながら尾けられるのはありがたかった。

蓑吉は伊勢《いせ》・津《つ》藩の藤堂《とうどう》家上屋敷の堀に行き当たると、堀に沿ってぐるりと回り、武家屋敷小路に切れ込んで行った。またも巧みに細道を使っている。

「大丈夫かよ」

鍋寅が追う三人を気遣っているうちに、三味線堀《しゃみせんぼり》を右に見、出羽《でわ》・久保田藩佐竹《たけ》家の上屋敷の前を通り、下谷七軒町に出た。蓑吉はそのまま東に下っている。大名家の上屋敷が続き、蓑吉と三人の間が空いた。

蓑吉が、寺社と町屋が建ち並ぶ方へと折れた。

（走れ）

鍋寅と多助が、三人に腹の中で叫んだ。三人が、駆け出した。

「よぉし、いい子だ」

蓑吉が密蔵院《みつぞういん》の角を東に曲がった。先は浅草阿部川町《あさくさあべかわちょう》であり、新堀川《しんぼりがわ》を渡ると、森下《もりした》と呼ばれる地である。追っ手の三人も曲がった。鍋寅と多助の息が上がり始めた。

「どこまで行きやがるんでえ」

足音を忍ばせ、角口から通りを覗き込んだ。三人の姿はなかった。

「いねぇぞ」

探すと、密蔵院を囲む木立の中に三人が倒れていた。蓑吉に誘い込まれ、殴《なぐ》り倒されたらしい。蓑吉はどこだ？

通りを見通していた多助が、いた、と叫んだ。

右脚を僅かに引き摺りながら足を急がせている蓑吉の姿が、阿部川町の通りの只中にあった。

一瞬、三人をどうするか、ふん縛《じば》り、近くの自身番の者を呼ぶか、それとも放っておくか、で迷ったが、二人には余分な動きをする暇がなかった。三人を置き去りにして鍋寅と多助は、蓑吉の後を追った。

蓑吉は新堀川を越えると森下を抜け、広小路に出、吾妻橋を渡り始めた。先は本所である。

「こりゃ占《し》め子《こ》の兎《うさぎ》って奴じゃねえですかい、天神下の」

「違いねえ」

蓑吉は、中の郷竹町の雑踏《ざっとう》をゆったり見渡すと、切れ込むように足を進めた。

「御免よ」

鍋寅と多助が交互に前になり、折れ込んだ通りを蓑吉の背から目を離さずに進んだ。

西から東に縦に延びている北本所表町が切れそうになっている。松浦肥前《まつらひぜん》守《のかみ》の下屋敷の前の横町を蓑吉が曲がった。曲がる時に、ちらと振り返ったが、気付かれる二人ではない。

「近いぞ」多助が言った。長年の勘である。鍋寅が頷いた。

蓑吉が戸建ての家の門を入り、玄関を開けている。

鍋寅と多助は足を止め、耳を澄ませ、気配を探った。家の中には誰もいないらしい。

「ここは？」多助が言った。

「隠れ家でしょう」

「だよな」

「恐らく、何かあった時のための家じゃねえかと」鍋寅が家を見回しながら言った。

「そうだよな」

頷いていた多助が鍋寅に、旦那に知らせに行ってくれ、と言った。

「もしもいらっしゃらない時、どこを探したらいいか。そいつはあっしには分からねえ」

確かにそうだった。

「あっしは、隣の不動堂に隠れて見張っているから」

暫く留まっていても見咎《みとが》められることはなく、身を隠す藪もあった。

鍋寅は、後は任せやす、と口では言わず、片手で拝んで見せると吾妻橋目指して走った。

東詰で舟を雇うと、大川を下り、鉄砲洲《てっぽうず》の波除稲荷《なみよけいなり》近くで下り、西に駆け、真福寺橋《しんぷくじばし》の手前で南に折れ、三十間堀川《さんじっけんぼりかわ》に沿って走り、新シ橋《あたらしばし》を西に渡り、そのまま突っ走って数寄屋《すきや》橋内の南町奉行所に飛び込んだ。

詰所には、河野と近がいた。蓑吉の動きを掻い摘まんで話した。

「どこをどう動くか、居場所は聞いている。走れるか」河野が言った。

へたへたしているが、旦那からお預かりしている金で鉄砲洲まで舟に乗ったことを話した。

「ですから、草臥《くたび》れているのは、見せ掛けで」

「ならば、来い」

河野は伝次郎が書き残していた書き付けを広げている。鍋寅はその間に、近が汲《く》んで来た水を飲みながら早口で言った。旦那を探す者がいたら、北本所表町の不動堂にいる、と伝えてくんな。近の返事は、あらっ、という驚きの声だった。

「お松《まつ》ちゃんの家の近くじゃないの」

「そのお松ってのは、信の置ける御人かい？」

「あたしが付き合うんですよ。と言っても、暫《しばら》く会ってないけど」

「済まねえ。長屋かい？」

「いいえ。一軒家でしたよ。確か五、六年前までは、小唄や端唄なんか教えていたんですが、亭主に死なれてからは、独りでのんびり暮らしているはずです」

ちいと待ってくんな。近に言い、旦那、と河野に訊いた。

「二ツ森の旦那はどこにいるか分かりやしたか」

「それがな、佐久間町の見張所なんだ」

「えっ」

「多分、お前らを探しているぞ」

「どういたしやしょう？」

ふう、と河野と鍋寅が息を継いだ時、詰所の戸が開き、半六が、あっ、と叫《さけ》んだ。

「いた」

河野道之助と鍋寅と近の三人は、浅草橋の北詰にいた。

「いらっしゃいましたよ」近が一番先に、伝次郎らに気付いた。

「舟だ。話は川の上で聞く」伝次郎が叫んだ。

一艘に乗るには数が多過ぎた。伝次郎と鍋寅と近が前の舟に乗り、河野と隼と半六が後ろの舟に乗った。

一行は大川に漕《こ》ぎ出すと、両国橋を背にして北に向かい、吾妻橋の手前の竹町の渡しで下りることにした。

その間に、鍋寅の話と近の知り合いの家が見張りの詰所になるかもしれないという話を聞いた。

「あの辺は、見張所になるようなところがありやせん。お近さんが、その知り人《びと》に頼んでくれるってんで、一緒に来てもらったんでさ」

「それでいい。流石、鍋寅親分だぜ。お近も、お松姐《ねえ》さんのことを思い出してくれて、ありがとよ」

船着き場が見えた。舟の速度が落ち、艪《ろ》が棹《さお》に代わった。着いたのである。

河野らも舟を下り、陸に上がった。

目立たないように二組に分かれて、北本所表町の不動堂に向かった。多助は不動明王を祀《まつ》った仏堂の陰に隠れるようにして、伝次郎らを待っていた。蓑吉は家に入ったままであるらしい。

「今のうちだ」

近に、松の家はどこか訊いた。鍋寅が多助に松のことを話している。松の家は、不動堂の脇をぐるりと回ってちょいと先の荒井町《あらいちょう》にあった。蓑吉の家からは一町（約百九メートル）程の距離になる。

松は、鍋寅と同い年だったせいか、会った途端に打ち解けてしまい、見張りの詰所にすることも二つ返事で引き受けてくれた。近が暫くは松と二階で暮らす、と言ったことも大きかったようだった。

伝次郎は、夕刻まで残るという河野に後を託し、多助と半六とともに松の家を出た。

「正次郎と安吉を送るからな」

奉行所に戻る序《つい》でに伝次郎は、多助とともに蓑吉と悶着を起こした三人がどこの誰なのかを調べに密蔵院の木立まで行ったのだが、既に立ち去った後だった。蓑吉に吉原《よしわら》で三日は居続けして遊ぶ金をもらっていた三人は、鍋寅らの気配が去ったと見るや、日本堤目指して駆けたのである。一方半六は、安吉の塒まで駆けた後、太郎兵衛の家に行って経緯《いきさつ》を伝え、また荒井町の松の家に戻らねばならなかった。

「あの日は、一日中走ってた」とは、後日隼に零《こぼ》した愚痴《ぐち》だった。

真夏も見張りに加わると言ったのだが、真夏は目立ち過ぎるので、見張りには向かない。永尋の詰所に詰めてもらったのだが、立ち寄った年番方《ねんばんかた》与力の百井《ももい》亀右衛門《かめえもん》に見付かってしまった。内《うち》与力の小牧壮一郎《こまきそういちろう》に嫁《とつ》がせると言いながら、いつになったら行儀見習いに寄越《よこ》すのか、詰所の番の方が大事だとでも言うのか、と新治郎を介して伝次郎に文句を付けてきた。取り敢《あ》えず、この一件の片が付いたら、と逃げておいたが早晩《そうばん》行儀見習いに出すしかないだろう。

一月二十七日。

明け六ツ（午前六時）。蓑吉が煮炊きを始めたらしい。天窓から煙が上ってい
る。

朝五ツ（午前八時）に宗助が来、蓑吉と二人で出掛けた。蓑吉の足は、昨日は引き摺っていたが、一晩寝たら治ったのか、足取りは軽い。二人は、米屋、酒屋、八百屋、魚屋を回り、最後に仕出し屋の暖簾を潜った。近が仕出し屋に入り、手土産にしたいんだけど、卵焼きを作っておくれでないかい、と時を稼いで聞いたところによると、明日の夕七ツ（午後四時）に仕出しを頼んでいたらしい。

「口の奢《おご》った御方だから、美味いものを頼みますよ」

と前金で払い、間違いがあってはならないから、明日の朝、もう一度来ますから、と言い置いて、宗助は竹町の渡しで舟を雇い、大川に出てしまった。後を尾けることは出来なかったが、明日来ると言うのである。蓑吉に張り付くことにした。

蓑吉が表町の家に戻って間もなく、米や酒など買った品が届けられて来た。付

けでなく、直《ただ》ちに支払うので、運んで来た手代や小僧の愛想がよかった。

「何が起こるんでしょうね？」半六の問いを、馬鹿野郎、で受けた鍋寅が、唇を嘗《な》め、来るのよ、と言った。

「鳶の元締が来るので、ご馳走《ちそう》って寸法に決まっているだろうが」

「仕出しは三つ。鳶と宗助と蓑吉でしょうか」

「そこまでは分からねえが、鳶がいることと、一緒に食らうかどうかまでは分からねえが、宗助と蓑吉がいることは間違いねえだろうよ」

「いよいよですね」

「おうよ。いよいよだ」鍋寅が、力強く言い切った。

十

一月二十八日。

明け六ツ（午前六時）。煮炊きの煙が上った。

六ツ半（午前七時）。宗助が来、少しすると蓑吉と連れ立って仕出し屋へ向かった。近を店に入れる訳にはいかない。戸口近くに立ち、聞き耳を立てる。「頼みます」という宗助の声が聞こえた。尾けられているとは思いもしないのか、二人は賑やかに話しながら、東へと歩いている。このまま行けば、表町の隠れ家である。

「昨日はほとんど寝ていねえんだ。昼過ぎまで寝かしてくれねえか」

博打《ばくち》か女かと、蓑吉が聞いている。てめえと同じだと思うねえ。論語《ろんご》を読んでいたのよ。一天地六《いってんちろく》の論語ですかい？

無遠慮に笑い声を上げていた二人だったが、隠れ家に入ると静かになった。僅かの間、天窓から煙が出ていたが、それも直ぐに止んだ。

「何だよ、餓鬼《がき》じゃあるまいし、昼寝かよ」

夕七ツ（午後四時）までは、夢の中にいさせてやろうじゃねえか。鍋寅は鼻先で笑っていたが、その時には宗助と蓑吉は隠れ家を抜け出していた。台所の床板を外し、床下を這《は》って裏手に回り、細工を施《ほどこ》して取り外しが出来るようにしてある壁板から、隣家の庭伝いに立ち去ったのである。

既に所在を知られている高砂町の塒で大騒ぎを演じて見せ、蓑吉が駆け込んだ北本所表町の隠れ家に見張りの目を引き付ける。そこへ、尚兵衛の立ち去った後の根岸の寮に、鳶と二人で潜んでいた宗助が、何喰わぬ顔をして出入りする。鳶の来訪に合わせて、のんびり酒食の用意をしているかのように見せ掛けて、見張りの目を晦《くら》ます。全ては、二つの殺しを同じ日に仕てのけて、奉行所の鼻を明かしてやろうという鳶の計画によるものだった。

二人が課せられていた役目は、それぞれが請け人の始末を見届けることだった。宗助は鳶と落ち合って深川へ、蓑吉は尚兵衛の宿へと向かったのである。忌左次と得兵衛は、既に太郎兵衛宅へと向かっていた。

その頃――。

七年前の押し込み強盗の一件を片付けた染葉は、詰所で手先の稲荷町の角次らと茶を飲んでいた。留守番は真夏一人であった。

「こんなに静かなことは滅多《めった》にないからな。ゆっくりしようじゃねえか」

真夏の笑い声が、小さく心地よく響いた。

「行儀見習いに、行かれるのですか」染葉が真夏に訊いた。

「はい。逃げられないようです」

「お嫌ですか」

「いつもの袴《はかま》姿に慣れてしまったもので……」

「しかし、嫁がれたら、その姿でいる訳にはいきませんからな」

「それなのです。何とか袴でいる思案《しあん》はございませんか」

いや、それは無理難題というものですぞ。あるか、よい知恵が。染葉が角次に救いを求めたが、角次にしても手に余るのだろう。額に手を当てている。

真夏と染葉らの笑い声が途切れた。

新治郎が来たのだ。

「親父殿に用があるなら、これから行くので伝えるぞ」

「定廻りの助っ人で恐縮なのですが、どなたかお一人、根津権現に詰めていただけないか、と百井様から」

「何があるんだ？」

新治郎が盗賊・夜鳴《よな》きの千造《せんぞう》の名を挙げた。千造は、東海道筋の素封家《そほうか》を荒らす盗賊であった。

「その千造が、江戸に来て、娘の婚礼に出るという話がありまして、その後に身内の者数人と根津権現に参るらしいのです」

「千造の顔は分かるのか」

「顔を知る者を連れて、沢松《さわまつ》様が既に定廻りの者二名とともに出張っておられます」

沢松甚兵衛《じんべえ》。伝次郎が付けた渾名《あだな》は、甚六。定廻りの筆頭同心である。

「分かった。俺が行こう。どこに行けばいい？」

新治郎が、沢松らが詰めている場所を教えた。

「私は、後刻間に合うように駆け付けますので」

詰所を出ようとした新治郎を呼び止め、私も行きましょうか、と真夏が声を掛けた。

「それでは、留守の者が……」

「千造のこともある。行こう」と染葉が真夏に言った。「それにな、門前町に美味い菜飯《なめし》屋があるのだ。序でと言ったら、申し訳ないが、是非食べてもらいたい」

「《三島屋《みしまや》》ですか」新治郎が訊いた。

「知っているのか」

「あそこの菜飯は、塩昆布と炒《い》り胡麻の混ざり方が絶妙ですからね。煮物も美味いですよ」

「と、いうことだ」

「では、参ります」真夏が答えた。

「あの、《三島屋》に行くのは、夜鳴きの千造を捕らえた後に願います。よろしいですか」

「勿論だ。そこらが親父殿と俺の違いだからな。間違えるなよ」

「でも、二ツ森の先達は、こっそり入った菜飯屋で盗賊と出会《でくわ》すのですよね」真夏が混ぜ返した。

「そうなのだ。そういうところが、伝次郎にはあるのだ。真面目一筋の俺からみると、不愉快極まりないぞ」

新治郎が笑い声を残して戻り、真夏が角次の手下の仙太と湯飲みを片付けている間に、染葉が行き先を置き手紙に残し、二人揃って奉行所を出た。そろそろ五ツ半（午前九時）になろうかという頃合であった。

真夏は染葉らとともに、数寄屋橋御門を通り、比丘尼橋《びくにばし》、一石橋《いっこく》と行き、竜《りゅう》閑橋《かん》を渡って、土物店《つちものだな》と呼ばれる通りに入った。土物店は、土器《かわらけ》を扱う店が建ち並んでいることで知られていた。

更に北に向かい、八ツ小路《やっこうじ》に出、昌平橋を渡った。

明神下を通り、茅町に抜け、不忍池に沿ってぐるりと回り込んだ。

水面を渡る風が冷たい。

その冷たい風の中を、根津権現に向かうと思われる人々が歩いている。

女中を供にしているのは、大店の内儀らしい。いや、年からすると大内儀か。

その後ろにいるのは、大店の主と手代のようである。

遅れて、若い夫婦と五つ、六つの娘の三人連れが行く。母親が娘の手を引いている。風が冷たいのか、娘がぐずり始めた。手を焼いた母親が父親に助けを求めている。

娘の泣き声が上がった。大内儀らしい女が振り返った。《石見屋》の大内儀・芳であった。後ろから来る大店の主、即ち懸巣の尚兵衛と目が合った。瞬間見詰め合ってしまった。

尚兵衛が顔を逸《そ》らすように振り返った。振り返って鳥の鳴き真似をし始めた。春の到来を思わせる、澄んだ鳴き声だった。ぐずっていた娘が、あれっ、という顔をして泣き止み、鳥を探している。

娘を間にした夫婦の歩みは続いている。鳥はどこに行ったのかと娘が二親に訊いている。

権現様の方へ飛んで行った、と母親が答え、尚兵衛に軽く会釈《えしやく》して見せた。夫婦と娘は池沿いに進んで行った。

尚兵衛と蓑吉は、大内儀の芳に続き、道を折れ、加賀家の方に向かっている。

「こいつは堪《たま》らねえな」

染葉が寒風に身震いしながら一声叫び、池を離れ、大内儀らの進んだ方へと折れた。

道には芳とお供の女中と尚兵衛らと、少し離れて染葉らが長く延びて続いた。

染葉が前を行く真夏に追い付いた。

「上手でしたね」と真夏が顔を前方に向けたまま言った。

訳が分からなかったのだろう、染葉が物問いたげに真夏を見た。

「鳴き真似です。鳥の」

「誰が？」

「前を行くあの方です」背を向けている尚兵衛を、目顔で教えた。

鳥の鳴き真似をして子供を泣き止ませたのだ、と話した。

「…………」

そんな奴の話を聞いたことがある。誰であったかを思い出そうとしていた染葉が、伝次郎から聞いた殺しの請け人を思い出し、はっ、と顔を起こした。しかし、後ろ姿の男と、伝次郎の話が合致《がっち》するのは、年の頃と鳥の鳴き真似だけである。しかも後ろ姿の男は、どこぞの大店の主としか見えない。供の者もいる。染葉は男の前を行く大内儀らしい女に目を遣った。恨みを持たれているようには見受けられなかった。

だが、万一ってことがある。違った時は、根津権現に着くまでの座興《ざきょう》と思えばいい。

「誰ぞが、誰かを殺そうと、襲うとする。何間の間合なら、助けられる？」

　突然の問いである。凡百《ぼんひやく》の者ならば、どうしたのか、と問い返すところだが、真夏は違った。

「十一間（約二十メートル）ならば」前を見据えて答えた。

「十七間（約三十メートル）余では駄目か」

　前を行く者らとの間合であった。

「何とかなりましょう」

　真夏が懐から丸い小石を出して見せた。飛礫《つぶて》の腕前は伝次郎から聞いている。

「よし」

　染葉が皆に、道の端に寄り、身を隠しながら行くよう指示した。

　道の中程から染葉らの気配が消えた。

　手代風体の男が、さり気《げ》なく振り向き、また前を向いた。横顔の頰の辺りが、真夏に見えた。

「あの者は……蓑吉」

　時を同じくして、

「おかしい。詰めろ」染葉が小声で言った。

真夏が滑るように走った。

と同時に、尚兵衛が女に詰め寄った。肩の動きで、懐から何かを取り出そうとしているのが見て取れた。真夏の手から飛礫が放たれた。空を斬り裂いた飛礫が、尚兵衛の首筋に届く寸前、真夏が「はっ」と気合を発した。剣の達人が丹田《たんでん》に力を込めて発した気合である。常人の発したものとは違う。尚兵衛は一瞬動きを止め、振り返った。目の前に黒い影が迫っていた。躱《かわ》す間はない。飛礫が額に当たり、跳ねた。

「うっ」と声を上げ、尚兵衛が膝を突いた。

握り絞めた千枚通しの先が、小刻みに震えている。

芳と女中が異変に気付き、小さな悲鳴を発した。

蓑吉が匕首《あいくち》を抜いて、真夏に躍《おど》り掛かった。真夏の体がふわりと浮き、一剣を閃《ひらめ》かせながら蓑吉の頭上を越した。蓑吉の右手首が峰で打ち据えられ、骨が砕けた。蓑吉は、跳ね落ちた匕首を左手で摑むと振り回しながら逃げようとし、染葉と角次らに取り囲まれた。

「南町です。もう大丈夫です」

芳らに言っている真夏に、尚兵衛が身体ごとぶつかり千枚通しを刺そうとした。真夏の剣が縦に鋭く動き、血が飛び、右手の親指と千枚通しが地に落ちた。角次らが蓑吉に続いて尚兵衛をお縄にした。二人とも舌を嚙み切らぬように、手拭いを嚙ませられている。染葉の指示であった。

「殺しの請け人と見たぞ」

「鳶の手下の蓑吉と、懸巣の尚兵衛でしょう」真夏が言った。

「とすると、吐いてもらうことは、たんとあるな」

染葉の声が通りに響いた。

一方――。

《渡し守》の二人は、殺しに取り掛かるところであった。

暫く人の出入りを窺《うかが》っていたが、太郎兵衛とともにいるのは、八十郎一人。太郎兵衛の動きを封じれば、八十郎と立ち合うのみである。ならば、勝てる。勝てるはずである。

得兵衛は既に己の持ち場に着き、息を殺している。

庭を透かして家の中を見ていた忌左次は、ゆるりと足を踏み出し、門前に立った。片開きの引戸門である。忌左次は無造作に門を開けると、内に入り、後ろ手で門を閉めた。家の中にいる二人の呼吸が伝わって来た。

忌左次は、腰に差していた二本の刀をするりと抜き払った。刃渡り一尺七寸(約五十二センチメートル)の直刀が、地に短い影を落とした。

「誰かな?」

庭に面した座敷から声がした。太郎兵衛か八十郎か、忌左次には分からない。

庭に回った。

「何者だ?」八十郎が、忌左次が手にしている二刀を見て言った。

「お命を頂戴《ちょうだい》に参った。邪魔すれば、貴殿から斬る」

「だそうだ。大口を叩くだけあって、多少は遣《つか》えるらしいぞ」

覚えはあるか、と太郎兵衛に訊いた。

「その者にはないが、恨みはたくさん買っているでな」太郎兵衛が詰まらなそうに答え、「殺しの請け人か」と忌左次に尋ねた。

そうだ、と忌左次が答えた。

「俺はどうすればいい？」太郎兵衛が火箸を持ったまま訊いた。

火箸は、咄嗟《とっさ》に火鉢から引き抜いたものである。

「見ているがいいわ。直ぐに終わる」

八十郎は太郎兵衛を庇《かば》うように前に回ると、庭の中程に立つ忌左次を見詰めた。

どうかな？　忌左次は腰を割り、低く構えると、右に左に身を動かしながら八十郎の隙を窺い、突如《とつじょ》、

「はっ」

と、気合を発した。

油断であった。太郎兵衛は忌左次が八十郎に斬り掛かるとみて、気合とともに両足に力を込めて踏ん張ってしまっていた。

殺気を感じたのは、その時だった。背後の厨から鋭く急速に身に迫って来ていた。

前に八十郎の背があった。恐らく、飛び退《の》けば、殺気を躱すことは出来るだろう。だが、それでは殺気はそのまま八十郎の背にぶつかってしまう。

太郎兵衛は反射的に振り返り、飛んで来た黒い物を見据えた。小さく丸めた紙の玉だった。迫っている。火箸で叩き落とした。舞い上がった粉を透かして厨を見た。無双窓から筒が覗き、今また筒先から黒いものが飛び出した。吹き矢に仕込んだか。思った時には太郎兵衛の目に激痛が奔《はし》った。目を閉じ、無双窓から見えないところに飛びながら、「もう一人いるぞ」と八十郎に叫んで知らせた。

「俺は、目潰しを食らっちまった」

三合ばかり斬り結んで忌左次と離れた八十郎は、大事ないか、と太郎兵衛に声を投げつつ、内心にきざした驚きに凝然《ぎようぜん》たる思いだった。請け人の太刀筋に覚えがあったのだ。忘れられない太刀筋だった。

「命に障《さわ》りはないわ」太郎兵衛の声が届いた。

「擦《こす》るな」言葉を返した。

「分かっている」

声の張りで分かったのだろう。待っていろ、俺が行くまで、近付いた者は斬れ、と言い置き、改めて忌左次に問うた。

「其の方、どこで、誰に、その剣を習《なろ》うた?」

「………」口は利きたくなかった。話せば、己を一剣に導いてくれた鬼神《きしん》が去ってしまうような気がした。忌左次は八十郎を見据えた。

「宮田流の小太刀を遣う友がいた。大垣の人であった……」

八十郎の口を封じるように、忌左次が剣を繰り出した。小手に、胴に、首筋に、二刀の剣が鎌首を擡《もた》げた蛇《へび》を思わせる執拗さで跳び付いて来た。

「その太刀筋だ」と八十郎が言い、続けた。「忘れ得ぬ友の剣だ。間違いない。確か、子があった。貴三郎と言ったか。その倅が生きておれば、恐らく其の方くらいの……」

「話し過ぎだ」

忌左次が八十郎の懐に躍り込むようにして剣を振るった。

違う。いつもの忌左次とは違う。明らかに動揺しているのが、見て取れた。得兵衛は、目潰しをくれてやった太郎兵衛を探した。襖の陰に隠れているらしい。動きを封じるだけでいい。そう忌左次に言われていたが、太郎兵衛を襲えば、八十郎に焦りが生じるはずである。相手の目は潰してある。勝算はある。迷っている暇はない。やるなら、直ちにやるしかない。

得兵衛も殺しを重ねて来た男である。決めたら、早い。

裏戸を蹴破り、厨を、座敷を走り抜け、太郎兵衛が陰に隠れている襖を回り込み、匕首を翳《かざ》した。

そこで、得兵衛の命の火は消えた。太郎兵衛の投げた火箸が、得兵衛の心の臓を刺し貫いたのである。

忌左次は得兵衛が血を噴いて倒れゆく様を、八十郎の肩越しにちらと見ていた。見ても、己の気に乱れはなかった。水の中にいるように心は静かだった。得兵衛との縁《えにし》は、所詮《しょせん》そこまでのものだったのかもしれない。

「《袖石》」忌左次が呟き、剣を持つ両の腕を広げた。

「やはり……」

八十郎の口が開いた。その瞬間を狙い、忌左次の剣が右と左から、蝶《ちょう》のように羽ばたいた。まさしく《袖石》の太刀筋だった。

八十郎は、請け人の目だけを見て、執拗に繰り出される剣を受け、払い、躱した。この呼吸を覚えたのは、日下部又左衛門が江戸を去った後だった。

「そなたは、又左の倅か」剣を躱しながら訊いた。

「…………」

「どうして殺しの請け人なんぞになった？」

「碌《ろく》でなしを始末出来るからだ」

「又左は知っているのか。請け人になってる、と」

「…………」

「又左はどうしている？」

「疾《と》うに死んだ。母も死んだ。俺も、だ」

「……そうか」

忌左次の剣が風を巻き付け、打ち下ろされた。雪の原を渡る風のように、剣がぴゅうと鳴いた。

鋭い刃風だった。日下部又左衛門の太刀筋を思い出させた。だが、それまでだった。又左を超えてはいなかった。いつの頃か、今ある己に慢心し、修業を止めてしまったのだろう。それでも勝ててしまうことが、精進《しょうじん》する心を忘れさせたに相違ない。それまでの男だったということだ。

八十郎の一刀が、左右から伸びて来る《袖石》の間《あわい》を擦り抜け、獲物を見付けた獣《けもの》のように切っ先を伸ばした。忌左次の首筋が朱に染まり、朽《く》ち木のように倒れた。

「旦那ぁ、ご無事で？」

忌左次が己の流した血の海に沈んだのとほぼ同時に、元木場町の弥吉が門から飛び込んで来た。鳶配下の池永ら請け人が太郎兵衛を襲った時以来馴染《なじ》みとなった土地《ところ》の御用聞きである。花島の旦那の家が襲われている、と騒ぎに気付いた者が弥吉に知らせたらしい。

「丁度よかった。済まぬが、手を貸してくれ」

請け人二人の亡骸《なきがら》を近くの寺に運ぶこと。目潰しを受けた太郎兵衛に医者を呼ぶこと。医者が来るまで目潰しを拭うように、手拭いと水を張った桶《おけ》を持って来ることなどを矢継《やつ》ぎ早《ばや》に言っていると、片っ端から子分と近隣の者に指示した弥吉が、逃げたのがおります、と言った。

「土地の者ではない者が二人、あっしが駆け付けて来たのを見て、慌てて駆け出して行きやした」

伝次郎から一通りの話は聞いている。どのような者だったかを訊いた。年の頃と身形からすると、鳶たちかもしれなかった。

「若い方は宗助に違いないぞ。俺を舟で撒きやがった奴だ」太郎兵衛が濡れた手拭いを目に当てながら言った。

となれば、一刻を争う。弥吉に、本所の見張所にしている松の家を教え、走るように言った。

「俺が行きたいところだが、新たな請け人が来ないとは言い切れない。まだここを離れられんのだ」

「お任せください。永尋の皆様とは顔馴染みでございますから」

「鳶と宗助らしいのが逃げた、と言うのを忘れずにな」

伝次郎は、松の家で茶を飲んでいた。太郎兵衛が襲われたが、八十郎が返り討ちにしたと聞き、ほっと息を継いだ後、何だと、と叫んだ。

「鳶と宗助らしいのがいた、と言うんだな？」

「年格好をお伝えしましたら、太郎兵衛の旦那が、そいつは宗助だと仰しゃいやしたんで」

「宗助は、隠れ家にいるはずだ。仕出し屋が来るまでは、昼寝を決め込んでるんじゃねえか……」

まさか、と言って立ち上がると、「騙《だま》されたかもしれねえ。付いて来い」。

玄関口に向かった伝次郎と、戸を開け、飛び込んで来た見張りの多助と稲荷町の角次の手下の仙太が鉢合わせした。

「懸巣の尚兵衛と蓑吉を、染葉の旦那と真夏様が捕まえました」

「蓑吉に相違ないのか」

「真夏様が顔を見て、そうだと仰しゃいましたから、間違いございません」

真夏は詰所の留守をしていたはずではないか。仙太が、新治郎が詰所に助けの話を持って来てからの経緯《いきさつ》を話した。

「鳶の野郎ども、よくも俺を虚仮《こけ》にしてくれたな」

表町の隠れ家の戸を蹴破り、中に入ったが、蛻《もぬけ》の殻《から》だった。

「奴ら、今頃は江戸を売る算段をしているに違いねえ。どこから失《う》せるかだ。品《しな》川《がわ》か、内藤新宿か、千住か」

伝次郎が、河野を、三五郎と手下らを、鍋寅と隼と半六を、正次郎を見た。

「ここなら千住でしょう」三五郎が言った。

「いいや、品川だ」

「どうして、です？」鍋寅が訊いた。

「奴らがどの辺りにいるのかは知らねえが、根岸とか本所に詳しいとなれば、千住だろうと思うからだ」先に走れ、と正次郎に言った。「鳶はお前が根岸の寮で見た奴だ。俺と鍋寅は後から行く。落ち合う先は、高輪《たかなわ》の大木戸だ」

「では、大木戸の手前の茶屋で見張っております」正次郎が頷いた。

「茶屋だぁ？」

「二年前に、薬種問屋の番頭を殺して三十年近く逃げていた、鎌吉《かまきち》なる者を捕らえた時に世話になった茶屋です。思い出されましたか」

ようやく通いになった番頭に近付き、殺して、有り金を盗んだ奴だった。よく覚えていたな、と褒《ほ》めてやりたかったが、思い出したか、とは生意気な言い種《ぐさ》じゃねえか。褒めるのは止めた。

「爺さんに、うどんの汁は濃いめにするように言っておけ」

老爺と倅夫婦が、茶の他にうどんや餅などを供している小体な茶屋だった。

「承知しました。隼、半六、付いて来い」

「へい」隼が言った。

「合点でさあ」続いて、半六が言った。

「千住の線もない訳じゃない。いや、もしかすると当たりかもしれない。三五郎、そっちは任せたからな」正次郎が言った。

「若旦那、お任せください。鳶と宗助の面《つら》ぁ、しっかり覚えておりやすんで」

「よし、私も千住に行こう」河野が着流しの裾をたくし上げた。

高輪に向かった正次郎と、千住に向かった河野らが走り去り、弥吉が八十郎と太郎兵衛に事の次第を知らせに向かい、仙太も戻ると、伝次郎と鍋寅が残された。

「旦那」と鍋寅が辺りを見回しながら言った。「こう言っちゃなんですが、若旦那、きりっ、とされてやしたですね。何だか旦那の若い時を見ているようでした」

そうだろう。説教してやったんだからな、ちいとは効いたんだろうよ。思いはしたが、そうは言えない。

「いいか」と突っ掛かってやった。「俺は旦那でいいが、新治郎と正次郎を一括りに若旦那と呼ぶな。どっちなのかと迷うだろうが」

「そうでやすか。こちとら迷いませんが」

「その話はもういい。で、俺たちは、どうするんだ?」伝次郎が訊いた。「舟で行くのか、駕籠で行くのか」

へっへっへっ、と笑い、鍋寅が掌で額を打ってから言った。

「では、冷やっこいですが、川風の方で」

十一

それより少し前――。

太郎兵衛の家の前から逃げた鳶と宗助は、根岸の寮に潜《もぐ》り込んでいた。半刻近く待ったが、尚兵衛も蓑吉もやって来ない。

「元締」と宗助が言った。「しくじったと見た方が、いいようで」

「俺もそう思う」

「では、長居は無用と申します。出ましょう」

「お前なら、どこから逃げる？　千住か、品川か、それとも内藤新宿か」

一番近いのは千住である。宗助に迷いはなかった。千住を抜ければ、奥州街道を直走《ひたはし》るだけである。

「危ねえな。ここで尚兵衛たちを半刻待った間に手が回ったかもしれねえ」

まだ面は割れてないはずだが、太郎兵衛のところで姿を見られたからな。ここは東海道に回ろう。

「ま、この鳶様の悪運に賭けてみな」

鳶は息を吸い込むように咽喉で笑うと、舟だ、と言った。

「大川をずっと下って、浜御殿《はまごてん》を回り込み、金杉橋《かなすぎばし》で下り、そこから御拾《おひろい》と洒落《しゃれ》込《こ》もう」

二年後かな、と鳶が言った。大坂でまた請け人を雇い、三度目の正直って奴を試してみようじゃねえか。

「奴ら、それまで生きているでしょうか」

「そうか。急がねえと、老いぼれどもの寿命の方が先に来ちまうな」

へい。宗助が答えた時には、寮を出る支度は調《ととの》っていた。

二人は裏から出、垣の隙間から身を屈めて抜け出すと、石神井川用水沿いに豊《と》島村《しまむら》に行き、そこから舟に乗った。


高輪の大木戸の手前、田町《たまち》九丁目の茶店に着いた正次郎が、二年前に、と話すと、倅夫婦も、未だ健在であった老爺も即座に思い出した。

「ご立派になられて」

見張所として一隅を借り受けたい、という申し出を快く引き受けてくれた礼に、うどんを六杯頼んだ。

「先達が来たら、食べている暇はないからな」

隼が、おれは一杯で、と言っていたが、無視した。半六は、三杯でも四杯でも、と言ったが、これも無視した。三人で見張るのだ。皆、二杯並びでいい。

街道を足早に品川に向かう者らの中には、鳶と宗助らしい姿はなかった。

「やはり千住だったかもしれませんね」半六が言った。

「いや。迷いっこなしだ。迷ったら、見逃す」

「そうだよ」隼が言った。「でも、正次郎様、何だかいつもより恐くおなりに……」

「いやいやいや……」

正次郎は顔の前で手を横に振った。ここにいるのは、隼と半六だけだ。言ってしまおうか。

「先達や父の真似をしてみただけで、中身はいつもの私と、まるで変わってはいないのです」

「おれ、思うんですが、そうやって御父上様や御祖父様のようになっていかれるんじゃないでしょうか」

「そうなのかな？」正次郎は首を捻って見せた。

「おれは、正次郎様とともに捕り縄に携《たずさ》われて、嬉しいと思っています。そのことは覚えていてくださいね」

「あっしもです」半六が言った。

「ありがとう……」

朝から肩の辺りに張り詰めていたものが、すっと、抜けていった。

「うどん、もう一杯ずつ食べましょうか」言ってみた。

「もう駄目です。動きが鈍《にぶ》くなります」隼が言った。

「へい……」半六が悲しげな声を出した。

やがて伝次郎と鍋寅が着いた。


それから半刻後――。

袖ケ浦《そでがうら》を左に見ながら大木戸に向かって来る旅仕度の主従がいた。お店の主と手代の風を装っていたが、根岸の寮を訪ねて来た二人であった。

「先達、鳶が来ました」

正次郎の言葉に、伝次郎と鍋寅が年を思わせぬ素早さで葦簀《よしず》の陰に回った。

「寮に来た者どもに相違ありません」

「あいつらか」

旅の者の中から、伝次郎が一組の主従を顎で指した。過《あやま》たず、鳶らであった。

「流石でございます」

「冗談じゃねえ。あんなでこっぱちに悪《わる》と刻んであるような奴らを見間違えて堪《たま》るかってんだ」

半六、供の者は宗助だな。伝次郎が訊いた。

「へい。左様です。宗助に違いありません」

言いはしたが、自信はなかった。しかし、大事なのは呼吸である。ないとは言えなかった。

「よし。くれてやる。取っ捕まえて来い」

「私たちが、ですか」正次郎が訊いた。

「さっさとしないと行っちまうぞ」

鳶と宗助が茶屋の前に差し掛かろうとしていた。

「若旦那、お任せいたしましたですよ」鍋寅が小声で言った。

「では」

小走りになって茶屋を出、正次郎が鳶らの前に回った。

「いつまで待たせる気だ。待ち草臥《くたび》れただろうが」正次郎の声が響いた。

おっ、という顔をして鍋寅が伝次郎を見た。

「旦那にそっくりでやすよ」

「血筋だから、それは我慢するが、あいつはまだ十九だぞ。あの台詞《せりふ》は、二十年ばかり早かねえか」

「ちと早い気もしますが、ここは目を瞑《つぶ》りましょうか」

「仕方ねえ。親分に従うぜ」

鍋寅が声には出さず、口を開けて笑った。小汚い歯が、上下に並んでいた。三《み》つ俣《また》の杭《くい》を思わせた。

「口を閉じろ」低い声で言った。

気を悪くしたのかもしれない。静かになり、正次郎の声が聞こえた。

「宗助だな？」

「はい？　手前は蓑助と申しますが」

「いかんな。嘘を吐く時は、もそっと違う名を言わねば。蓑助では蓑吉を思い浮かべてしまうだろうが。鳶のお頭の額に青筋が立っているぞ」

「はて、鳶と仰せになられましたか」

「言った。確かに言った。見たんだよ。根岸の寮に行き、寮番と料理茶屋に行ったな。三人で入るのも、出るのも見ていたんだぜ。花島様の家の前から逃げるところもな。そっちは、また別の者だがな」

「ということだ。諦めな」伝次郎が鳶らの背後に回っていた。「去年は関谷家の御用人様を殺《あや》めたであろう。詳しく話してもらおうか」

懐に手を入れた鳶が匕首を振り回したが、一瞬早く前に出た伝次郎が、十手で鳶の腕と肩を打ち据えた。鳶が頽《くずお》れた。それを見た宗助が、道中差を抜き払い、伝次郎に斬り掛かろうとしたところを、正次郎が抜き払った刀の峰で手首を叩き、叫んだ。

「ふん縛《じば》れ」

半六が宗助に、隼が鳶にお縄を掛けている。

「先が楽しみでございやすね」鍋寅が鼻水を拳で拭いながら言った。

「先なんて、どうでもいい」

「へっ?」

「面白くねえ。この一件、俺は後手に回るばっかりで、いいところはみんな取られちまったじゃねえか」

「旦那ぁ、文句言っちゃいけやせん。若旦那にしても、あいつらにしても、育てたのはあっしらなんでございますよ」

「つまりは、俺たちの手柄って訳か」

「仰しゃる通りでさ」

「何となくすっきりしたぜ。そういうことなら許してやるか」

「では、今夜は、どこかでぱっと？」

両の掌を擦り合わせている鍋寅に、明日だ、と伝次郎が言った。

「深川の二人も呼んでやろう」

深川の医師・小寺了軒《こでらりょうけん》を見送った八十郎が座敷に戻り、太郎兵衛の脇に座った。太郎兵衛は、了軒が処方した薬湯で目を洗っている。

「まだひりひりしやがるぜ」

粉に碾《ひ》いた唐辛子と灰だから、と了軒は言った。洗えば、治る。

太郎兵衛の動きを封じている間に、俺を倒そうという腹だったのだろう、と八十郎は読んだ。

請け人となってからは、何と名乗っていたのか、それは知らぬが、貴三郎が読み切れなかったのは、俺の剣の腕だ。又左らと道場に通っていた頃は、三本に一本しか勝てなかったからな。

だが、人はいつまでも同じところにはおらぬもの。それを分かっていれば、また戦い方も違っていたであろうにな。

「今更だが」と太郎兵衛が、薬湯を掬《すく》う手を止めて言った。「斬ってよかったのか」

「彼奴の言ったことが正しいのなら、二親ともに亡くなっている。泣く者はおらぬし、どこの誰だか分かる必要もない。土に還《かえ》ればいい。いずれ我らも土に還るのだ。一緒だ」

「そうなのだが、何か寂しくないか」

「仕方あるまい。我らは祖先の屍《かばね》の上に生きているのだからな」

「よし」太郎兵衛が目をしばしばさせながら言った。「俺たちは、今生きていることを確かめるために食おう」

「何ぞ美味いものでも作るか」

厨に残っている冷や飯と菜を思い浮かべた。屑《くず》のような菜しかなかった。

「作れるのか」

雑炊くらいなものだろうが、味噌を落とせば格好は付くだろう。

「真夏が大きくなったのは、俺の飯を食ったからだ。任せろ」

道場の弟子が持って来る根菜や葉菜をたっぷり入れた味噌雑炊で育てたのだ。

真夏と食べた雑炊は、何ものにも代えがたい馳走であった。

「行かせるのか」と太郎兵衛が訊いた。「行儀見習いに？」

「泥亀《どろがめ》がうるさいからな。顔を立ててやらぬとな」

ははは、と太郎兵衛が笑った。泥亀か。

「物言いが伝次郎に似てきたぞ」

「その泥亀と伝次郎に、言わねばならんことがある」

「何だ？」

「真夏を養女に出すという件だが、断ろうと思うのだ。やはり、俺の娘として嫁がせたい」

「いつ言う？」太郎兵衛が薬湯に濡れた顔を起こして訊いた。

「近々飲もうと言って来るはずだ。その時でいいだろう」

「驚くだろうな」

「うむ……」

「元同心の娘でいいんだな？」

「いい」

「八十郎の娘なら立派なものだ」

「そうか」

「そうだ」

その真夏は——。

月が代わった二月から、百井亀右衛門の屋敷へ、行儀見習いに上がることが決まった。

「寂しい」

真夏がいなくなると、隼はまた祖父の鍋寅との二人暮らしになる。涙を溜める隼を、鍋寅が叱《しか》る。めそめそしやがって、泣く奴があるか。叱る鍋寅の鼻先で、鼻水が滴《しずく》になって揺れている。

「うわっ」と隼が囃《はや》す。「汚《き》ったねえ」

「馬鹿野郎。少しは娘っ子らしくしろい」

「冗談じゃねえ。おれは男だ」

　この家を出るのか。真夏は、鍋寅と隼の言い合いを聞きながら、生家を去るような寂しさを感じていた。


　翌一月二十九日。朝五ツ（午前八時）過ぎ。

　伝次郎と河野らは、永尋の詰所で近が淹れた茶を並んで飲んでいた。鍋寅と隼と半六も相伴《しょうばん》に預かっている。

「で、その時、鳥の鳴き真似が聞こえたのですね」

　真夏がそうだ、と答え、染葉が、懸巣かもしれないと間合を測ったことを話した。

　新治郎が、鳶の捕縛などで昨日のうちに聞けなかった尚兵衛捕縛の詳細を、出仕の刻限前に来て、聞いていたのだ。新治郎の聴取《ききとり》は半刻程掛かって終わった。

「今夜は飲まんか」と伝次郎が、新治郎に聞いた。「八十郎と太郎兵衛の旦那方にも声を掛けるつもりだ。偶《たまさか》には付き合え」

「喜んで、お供いたします」

「いい返事だ。そうでなくちゃいけねえ」

「正次郎様にも知らせておきましょうか」鍋寅が、高積見廻りの詰所のある方を指した。

「あいつは鼻が利くから、言わんでも来るだろうよ」

隼が湯飲みを持ったまま、ころころと笑った。茶から湯気が立ち上っていた。

第二話　犬の暮らし

一

二月十日――。

七日の夕刻から降り出した雨は、八日、九日と降り続き、日付が十日に改《あらた》まる前に止《や》んだ。雨が止むのに合わせ、寒気が緩《ゆる》んだのか、少し暖かくなっている。

南町奉行所が非番になって十日。定廻《じょうまわ》りと臨時廻《りんじまわ》りは、月番《つきばん》であった前月中に受けた訴訟の始末に追われていた。永尋掛《ながたずねがか》りに始末の助けの依頼が回って来ることは滅多《めった》になかったが、年に何回かは年番方与力《ねんばんかたよりき》の命《めい》で駆《か》り出《す》されることがあった。二ツ森伝次郎は、この日も百井亀右衛門に呼ばれ、傷害と窃盗犯探索の助けを言い付かったばかりだった。

永尋とは、次々に起こる事件のため穿鑿《せんさく》を棚上げにされている古い事件の謂《いい》で、迷宮入《めいきゅう》りのことである。永尋掛りは、南町奉行坂部《さかべ》肥《ひ》後守《ごのかみ》氏記《うじのり》の肝煎《きもいり》で、永尋になっている事件などを処理するために、隠居した定廻り同心《どうしん》を再び召《め》し出し、設《もう》けられた役目であった。

その永尋掛りに、役目外の一件を調べさせるのである。「それは定廻りがすることでしょう」と、いつもなら伝次郎にちくちく言われるのだが、今はそれを言われる心配はない。

百井には、内《うち》与力の小牧壮一郎に嫁《とつ》ぐ一ノ瀬真夏を行儀見習いとして屋敷に預かっているという強みがある。

百井は、父・八十郎から、養女の件を断られ、一時はがっかりしていたが、二月から屋敷に引き取った真夏の姿を見ては、花嫁の父の気分を味わっているようである。

「ではな、頼んだぞ」

百井は、二人の名を記した切紙《きりがみ》を伝次郎に差し出した。

上州無宿《じょうしゅうむしゅく》　甲太郎《こうたろう》
東雲《しののめ》の吉兵衛《きちべえ》

と書かれていた。

甲太郎は貸した金を返せと催促《さいそく》され、その言い方が気に入らないからと、相手を半殺しの目に遭《あ》わせた廉《かど》で、吉兵衛は大店《おおだな》の主《あるじ》が囲っている妾《めかけ》の家に忍び込み、盗みを働いた廉で手配されている者だった。

　ともに定廻りが始末する案件であった。もっと大物なら自身で捕らえ、手柄にするのだが、甲太郎にせよ吉兵衛にせよ、大物とは言い難《がた》い者どもだった。見付けたら適当に捕まえておいてくれ、というくらいの思いで投げてよこしたのだろう。

喜んで受けることではなかったが、闇の口入《くちいれ》屋・鳶の件が片付いたばかりで身体が空いていたこともあり、伝次郎は素直に引き受け、年の頃と特徴を聞いて詰所に戻った。

「御用は何でござんした?」

帰りを待っていた鍋寅こと神田鍋町の寅吉が、いそいそと寄って来る。伝次郎は切紙を見せた。

「房吉《ふさきち》に調べさせやしょうか」鍋寅が訊《き》いた。

「親分、ちょいと」隼が鍋寅の袖《そで》を引いた。隼は鍋寅の孫娘に当たるが、手下でもある。手下はもう一人おり、名を半六と言った。

「房吉さんは、若旦那《わかだんな》の御用で、安房《あわ》に行っておりやすよ」

若旦那とは、伝次郎の倅《せがれ》の新治郎であり、定廻りの同心であった。

新治郎には、掘留町《ほりどめちょう》の卯之助という御用聞きがいたが、手の者として江尻《えじり》の房吉のように、裏社会に通じている者も使い、探索の手を伸ばしていたのである。かつては伝次郎にも子飼いの者がいたが、年老いて亡《な》くなったので、鍋寅らの他は、新治郎の手の者を使うようになっていた。

この手の者とか手先とか、あるいは小者と呼ばれる者たちは、大別すると三つに分かれる。

一つは、市中見回りの時に同心の供をして歩く御用聞きと手下で、一目見て「八丁堀の手先だ」と分かる者らである。鍋寅とか隼や半六が、これに当たる。

二つは、表稼業《かぎょう》の傍《かたわ》ら御用に働く者たちで、探索の要に迫《せま》られて名乗らない限り、手先であることを知られない。鼠《ねずみ》捕り薬を商《あきな》っている掏摸《すり》上がりの安吉が、これに当たる。

三つは、裏社会に名も顔も晒《さら》し、「あいつは犬だぜ」と後ろ指を指《さ》されながら手先として働く下働きの者たちで、房吉のように、常に危ない橋を渡っているような生き方をしていた。

「でしたら、秀治《ひでじ》はいかがですか」

唐辛子《とうがらし》売りをしていたことがあったので、唐辛子の別称である南蛮《なんばん》を名に冠《かん》して南蛮の秀治と呼ばれている小者であった。元は鍋寅の下で御用の修業を積んだ卯之助が見付けて来た男で、伝次郎も何度か使ったことがあったが、倅の新治郎が手札を与えたこともあり、主に新治郎の手の者として働いていた。

「秀治か。身体が空いているようだったら、声を掛けてみてくれ」

「では、今夜にでも」

以前秀治は、神田堀に架《か》かる地蔵橋《じぞうばし》を北に渡った紺屋町《こんやちょう》二丁目の長屋に住んでいた。まだ、あそこか、と鍋寅に訊くと、半年前に神田お玉ケ池《たまがいけ》と道一本隔《へだ》てた向かい側の小泉町《こいずみちょう》の《九兵衛店《くへえだな》》に移ったらしい。

「塒を知られてもいけねえし、丸っ切り知られねえでも困るし、因果な生き方でございやす」

房吉にしろ、秀治にしろ、危ない橋を渡ることでしか生きられない身体になってしまっているのだろう。

見回りに出て、行きと帰りに小泉町を通ろうじゃねえか、と決め、奉行所を出た。非番の月は大門が閉じられているので、一列になって右側の小門を潜《くぐ》った。

空には雨っ気《け》も風っ気もない。空気も、いつまで続くか分からないが、まだ緩んでいる。水っ洟《ぱな》が出ないのか、鍋寅の鼻の先っぽに光るものがない。乾いているのだ。その乾いた鼻を青空に突き出し、ねえ、旦那、と言った。

「真夏様は、いかがなさっているでしょうね?」

楓川《かえでがわ》を東に渡れば八丁堀、与力・同心の組屋敷が軒《のき》を連《つら》ねている。真夏の様子を見たいのだろうが、僅《わず》か十日ばかりで訪ねるなど、頷《うなず》く訳にはゆかない。

「駄目《だめ》だ。行儀見習いの邪魔になるだけだからな」

「ちいとくらいでも、ですかい?」

話を聞こうと、隼と半六が間合を詰めているので、伝次郎は立ち止まって、振り向いた。

「いいか、よく聞け。行儀見習いってのはな、縫《ぬ》い物したり、花を生けたり、お茶を運ぶだけではないのだぞ。泥亀《どろがめ》夫婦の身の回りのこと、奥様がお出掛けの時はお供、奥座敷などの掃除《そうじ》、三男の篤司郎《とくじろう》様の養育、特に剣の指導、それに各藩の江戸留守居役《るすいやく》やら町屋の者が相談事と付届《つけとどけ》を持って来るから、それを奥様に伝えたり、留守の時の対応の仕方とか、とにかく覚えることとやることは、うんざりする程あるのだ。お前らの相手をしている暇《ひま》はねえ。分かったか」

　そこまでは、と言ってから、鍋寅が、万一ですよ、と言った。

「真夏様が逃げて来たら、匿《かくま》ってもよろしいんで？」

　考えたこともなかった問いだった。

「そうよな……」

　どこまで本気なのか分からなかったが、この際だから、と頷いておいた。俺もその方が楽しいが、はてさて、その時は小牧様に何と言えばよいのか。

「内与力様の御妻女になる方が逃げ出したとなったら、百井様、真《ま》っ青《さお》になられるでしょうね」

た。


鍋寅が愉快そうに笑った。

人の不幸を想像して笑う。とんでもねえ悪《わる》だ。他人の振りをしようと決め、

「今のうちに回っちまおうぜ」と伝次郎が、顎《あご》を前に振った。

何が、今のうちなのか分からないのか、鍋寅と隼と半六が気の抜けた声を返した。

歩き始めて半刻（約一時間）程経《た》ち、小伝馬町《こでんまちよう》の牢屋敷近くに差し掛かった時、「旦那」と鍋寅が足を止め、鉄砲町《てつぽうちよう》の横町の中程を指差した。年の頃は三十半《なか》ば過ぎの男が、右手を懐《ふところ》に入れ、間口が一間（約一・八メートル）か二間（約三・六メートル）程の小店《こだな》を覗《のぞ》きながら、ゆっくりと歩いていた。

「ありゃあ、秀治でやすよ」

呼びましょうか、と言う鍋寅を制して、待とう、と答え、秀治を見詰めた。

秀治の身体の動きは、堅気者《かたぎもの》のそれではなかった。凶状持《きようじようも》ちとも違う。悪のにおいはするが悪ではなく、では善のにおいに包まれているかと言うと、その香はなかった。同じ犬と呼ばれる者でも、房吉と秀治とでは、においが違った。ど

こがどう違うのかは、はっきり言えなかったが、房吉も、秀治も、堅気の衆の中に入ると浮いてしまう者らであることは間違いなかった。

気配を察したのか、秀治が足を止め、前を見た。伝次郎と鍋寅に気付き、こわばった頰《ほお》を僅かに緩めて、頭を下げた。伝次郎が手招きをした。秀治は、辺《あた》りを素早く見回してから草鞋《わらじ》の裏を擦《す》るようにして近付いた。

「いい所で会えてよかったぜ。今夜にでも、鍋町に来てもらおうかと思っていたんだ」

「そいつは、ようございました。大親分にそんな手間を取らせたら、罰《ばち》が当たります」

鍋寅が礼を言い、それよりも、と伝次郎に年番方からの命の件を伝えるよう口添えをした。伝次郎は上州無宿の甲太郎と東雲の吉兵衛の名と罪状などを教え、急ぎ居所を摑《つか》むように言い足し、費《つい》えとして小粒を二つ握らせた。二分である。一両は、四分。小粒二つは、一両八万円とすると四万円ということになる。

多過ぎるからと遠慮しようとする秀治に、無理はするなよ、と言い置いて伝次郎らは見回りに就いた。

「危ねえと思ったら、逃げるんだぜ」

秀治は伝次郎らを見送りながら、どこから聞くか、考えていた。

探索を頼まれた二人に覚えはなかった。

甲太郎は四十の手前で、色黒く小柄。吉兵衛は五十二歳。丈《たけ》は五尺五寸（約百六十七センチメートル）と背が高く、痩《や》せている。二人とも、顔や手足に傷《きず》はない。先《ま》ずは、賭場《とば》で当たってみることにした。

開帳している大名家の下屋敷の中から近間を選び、足を向けた。顔の利《き》く下屋敷の幾つかが、浜町堀に架かる組合橋《くみあいばし》の東詰にあった。

秀治や房吉が八丁堀の手先であることを晒して、悪所、即《すなわ》ち賭場や私娼窟《ししょうくつ》などに出入りするのは、このような時のためだった。御屋敷の中間頭《ちゅうげんがしら》や門番らと顔を繋《つな》いでいなければ、何も聞き出せないのである。

中洲の三ツ俣の向こうから、こってりと潮気《しおけ》を含んだ風が浜町堀に吹き込み、通り抜けていく。秀治は背を丸め、足早に歩み、肥後国熊本《ひごのくにくまもと》藩細川《ほそかわ》家の下屋敷の潜り戸をそっと叩《たた》いた。

少しの間の後、小窓が開き、門番の小助《こすけ》の顔が覗いた。秀治は途中で買った焼き餅《もち》を目の高さに上げて見せてから、頭を下げた。

「ちっと待ってくんねえ」

小窓が閉まり、門番小屋の戸が開き、奥に走る足音と、門に近付いて来る足音が聞こえた後、潜り戸が開いた。小助に餅を渡した。いつも済まねえな。小助の言葉が少ない。誰彼《だれかれ》構わずに通すな、と中間頭から言われているのだ。時折あることだった。御用の筋の者には会わせたくない者がいるのだろう。となれば、引き下がるしかなかった。ごり押しすれば、二度と小窓も潜り戸も開かなくなる。奥から中間の古顔が出て来た。中間頭の右腕として幅を利かせている男である。秀治は、軽く会釈《えしやく》した。

「済まねえ。今日のところは、これで」

古顔が袂《たもと》から取り出したお捻《ひね》りを、秀治の袂に落とし入れた。一朱金が一枚入っていれば御《おん》の字であった。一朱金が四枚で一分。今の貨幣価値だと五千円程になる。

「こちらこそお気を遣《つか》わせちまって、相済みません。また、遊びに寄らせていただきます」

何も聞かず、金だけ押し戴《いただ》いて門を出ることになるのだが、相手の出方によっては変わってくる。

「誰か探しているのですかい？」と聞かれればしめたもので、手配の者の名を告げ、賭場にいるか否かを聞く。相手が手配の者を逃がそうと、明日出直してくれと言ってきたら、そのようにして逃がし、同心には逃げられたと伝え、相手がその者を持て余しており、中にいると言われれば、面《つら》を見、一旦《いったん》外に出て同心を呼び、屋敷から出て来たところを捕らえるのである。

次いで、信濃国《しなののくに》小諸《こもろ》藩牧野《まきの》家の下屋敷を訪ねたが、上州無宿の甲太郎と東雲の吉兵衛の名は聞こえて来なかった。

懐は温かいが、日もまだ高い。どうするか少し迷った後、柳原通りに向かうことにした。豊島町《としまちょう》の一丁目には比丘尼《びくに》横町と呼ばれる土妓《どぎ》が住んでいる一角があり、そこに行くと様々な噂話《うわさ》を聞くことが出来た。勿論《もちろん》、秀治の正体は、ばれている。女たちは、話していいことと、いけないことを選《え》り分けて、秤《はかり》に掛けながら相手をするのである。その礼として秀治は、土妓らからの訴えや助けてほしいことどもを同心に伝え、丸く収めてやることになる。

浜町堀に沿って北に向かい、手土産にする菓子を求めると、橋本町《はしもとちょう》から大和町代地を抜け、豊島町に入る。横町を折れ、路地から路地を行く。くねくねと曲がりくねった路地奥から饐《す》えたような、腐って酸っぱいようなにおいが、魚を焼くにおいとともに漂ってくる。人が暮らしているにおいだった。秀治が生まれ育ち、身に染み付いたにおいである。そこから抜け出そうとしたこともあったが、藻掻《もが》いた後に戻ったのは、同じにおいのするところだった。

ざまぁねえぜ。

口の中で呟《つぶや》いている間に、路地を抜け、目指す茶屋《萩ノ屋《はぎのや》》に着いた。軒の隅が僅かに傾《かし》いでいる。三年前の大雪の時、雪を下ろそうとして、主が壊した跡だった。その主は軒を壊した三月後に、病《やまい》に罹《かか》って死んだ。

女将《おかみ》は、亭主を忘れないために直さないと言っているらしいが、あれは金を惜《お》しんでいるだけだよ、というのが周囲の一致した意見であった。秀治の見る限りでは、ひどい壊れ方ではないので、直そうが直すまいがどうでもよかった。横町には《萩ノ屋》の他に、もう二軒茶屋が建っていた。

秀治は細く開いた戸口を擦り抜けると、御免よ、と声を掛けた。帳場奥の小部屋から女将の仙《せん》が顔を出し、おや、と言った。

「珍しいね。まあ、お上がりよ」

詰まらないものですが。秀治は菓子折を差し出した。屋号を見た仙の顔がほころんだ。

「《嵯峨屋《さがや》》で買って来てくれたのかい？」

通塩町《とおりしおちょう》にある京菓子の老舗《しにせ》だった。仙は、《嵯峨屋》の落雁《らくがん》が大の好物であった。

「こういうところが、あんたのいいところだね。土産を忘れた、近間《ちかま》で間に合わせよう、ってしないのがいいね」

仙は両手で折を目の上まで持ち上げて頭を下げると、お茶を淹《い》れようかね、と言いながら長火鉢の前に座り、急須《きゅうす》の茶葉を入れ換えて、鉄瓶《てつびん》の湯を差した。柔らかな湯気が上がっている。

「今日は何か用だったのかい？」

「へい」

秀治は、甲太郎と吉兵衛の名を半切《はんきり》に書いて渡し、年や特徴など、聞いたことを話した。仙は、目を半切の上にさっと走らせた後、膝許《ひざもと》に置いた。

「子供たちに聞いておくよ」

子供とは《萩ノ屋》が抱えている女郎《じょろう》、即ち土妓のことであった。女らは柳原通り一帯の噂を、面白いように拾《ひろ》い集めて来た。子供だけではない。仙も、同業の茶屋仲間や柳原に伸《の》して来ている四ツ谷鮫ケ橋《さめがばし》や本所吉田町《よしだちょう》の夜鷹《よたか》などから噂を仕入れていた。

茶が入り、湯飲みが猫板に置かれた。秀治が礼を言って受け取ると、土産に渡した落雁が皿に盛られて出て来た。

「お持たせだけど」

仙が一つ摘《つ》まんだ。口の中でほろっと崩れているのだろう。にんまりと笑っている。

「《萩ノ屋》のは、美味《おい》しいねえ」

「それだけ喜んでいただければ、持って来た甲斐《かい》があったってもんです」

仙はもう一つ口に入れると、舌に乗せたまま、

「聞いてるかい？」と言った。「自分のことだから、知っているとは思うけど」

仙が何を言おうとしているのか分からなかった。尋《たず》ねた。

「狙《ねら》われているって話だよ」

「あっしが、ですか」

仙は秀治を見ると、茶で口の中の落雁を流し込み、知らないんだね、と言った。

「誰に狙われているか」

「あちこちで恨《うら》みを買ってますんで……」

「落雁のお礼に話してあげる。一本松《いっぽんまつ》の元吉《もときち》って名だけど、覚えは？」

「あります」

遠州《えんしゅう》一本松の元吉。江戸に出てお店《たな》奉公に上がっていたが、手代の頃に悪所通いを覚えてから悪に染まり、お店を辞めた後は、元吉を頼って出て来た弟と鼻摘まみ者らとつるんで世間様に背を向けて生きて来ている男だった。そんな元吉が、江戸を売る前に、と弟と博打仲間とで押し込みに入った。まんまと大枚《たいまい》をせしめたが、秀治に目を付けられ、奉行所に追われる羽目に陥《おちい》った。弟と仲間は捕まって死罪となったが、元吉は右の腕を折られながらも辛《から》くも逃げ果《おお》せた。その右腕を折ったのが、秀治だった。

「どこで、お知りに？」

「本所吉田町の、元締に近い者から聞いた話だから、信用していいよ。その元吉ってのは、何だかしつこそうだね」

「悪いのでさっぱりってのは、少ないですからね」

「そう言えばそうだね」

仙は大きな口を開けて笑うと、もう一つお摘まみよ、と皿を押すようにしてから、台所口にいた婆さんの掌《てのひら》に五つばかりのせ、皆を呼んで来ておくれ、と命じた。

やがて、二階の小座敷から八人の女が下りて来た。比丘尼と呼ばれているが、尼僧《にそう》の姿をしていない土妓である。仙が、皆に甲太郎と吉兵衛の二人に覚えがないか聞いたが、心当たりのある者はいなかった。

「もし客の口から名が出たら、教えておくれ。頼んだよ」

女たちが二階に戻った。

秀治は仙に礼を言い、《萩ノ屋》を出た。

二

向かいの借店《かりだな》の戸が開き、看板書きの茂助《もすけ》が出掛けて行く足音がした。紙や筆、硯《すずり》や糊《のり》などを入れた箱を背負い、茶店《ちゃみせ》や髪結床《かみゆいどこ》を訪ね、障子《しょうじ》や掛行灯《かけあんどん》を張り替えたり屋号を書いたりするのである。市中を飛び回っている時、茂助が掛行灯を張り替えているところを見掛けたことがあった。唇《くちびる》から舌先を覗かせ、息を詰めるようにして手を動かしていた。

真似《まね》出来ねえな。

秀治は褞袍《どてら》の襟許《えりもと》を引き上げながら、今日はどこから聞き込みに回るかを考え、意が決まったところで起き上がった。薄い煎餅布団《せんべいぶとん》と夜具を畳み、枕屏風《まくらびょうぶ》で囲う。寝間着として着ている古い浴衣《ゆかた》を脱いで、袷《あわせ》に着替え、井戸端に行き、歯を磨《みが》いて顔を洗った。

井戸端にはかみさんたちの姿は、ほとんどなかった。飯を炊き、食べ終え、亭主を送り出し、これから洗い物と洗濯を始めようとしているところなのだ。その前に逃げ出すってのが、《九兵衛店》での秀治の過ごし方だった。

秀治が御用に働いていることは、大家《おおや》も店子《たなこ》も皆知っている。何かあった時には八丁堀の旦那に口を利いてもらえるかもしれない、と思ってか、夜更《よふ》けての帰りが続こうと、文句が出たことはなかった。

秀治は一人暮らしの上、外出《そとで》をしていることが多いので、長屋では滅多に飯を炊かない。飯は腹が減った時適当に、一膳飯屋か居酒屋で済ませている。江戸には、そのような店が沢山あった。

《九兵衛店》に越して来て半年、飯が食え、酒も飲める馴染《なじ》みの居酒屋が出来、一日に一度は、朝か昼か晩に暖簾《のれん》を潜っている。

この日も居酒屋《ちとせ》で朝飯を食い、市中に繰り出した。

向かうのは、芝増上寺《しばぞうじようじ》の大門脇にある神明町《しんめいちよう》であったが、その前に箱崎川《はこざきがわ》に架かる永久橋《えいきゆうばし》の北詰にある上野国《こうずけのくに》伊勢崎《いせさき》藩酒井《さかい》家の下屋敷に寄ることにした。

去年の秋口から賭場に新顔が出入りしているという噂があったのだ。

物見窓に案内を乞《こ》うと、潜り戸が開いた。

「あんた、か……」門番の弥助《やすけ》の歯切れが悪かった。「何か……」

来る用は決まっている。

「ちと訊きたいんですが」

甲太郎と吉兵衛の名と特徴を口にした。

「心当たりはねえですかね？」

「済まねえが、今日のところは帰っちゃくれねえか。明日の今頃まででい」弥助が言った。

その一日の間に、甲太郎か吉兵衛か、あるいは他のお尋ね者を逃がすのである。それだけの金を、弥助は受けているのだ。

「分かりました。また来ますので、その時はよろしく」

「おうっ」

弥助が声ひとつ残して、門の内側に消えた。

甲太郎や吉兵衛でなくとも、賭場にお尋ね者がいたとして、やろうと思えば門前に張り込んで、誰であるかを突き止め、さらに塒を探り出し、捕らえることも出来るのだが、てめえのしたことは直《す》ぐにあちこちの賭場に伝わり、二度と市中の下屋敷では相手にしてもらえなくなる。申し出を聞くしかなかった。二日後に行っても、「昨日ならいたが、行っちまったぜ」と言われるのが関の山だろう。「どこに行ったか、心当たりは？」無駄と思って訊くと、ねえな、の返事が来れば御《おん》の字なのだが、これで貸しはひとつ出来た訳で、同じようなことが起きた時、金の払いが少ないとか、態度が悪いなどがあると、秀治に売られることになるのである。

仕方ねえ。秀治は神明町に足を急がせた。

神明町には、湯茶を供する水茶屋が並んでいた。水茶屋の表は、葦簀《よしず》を張り、長床几《ながしょうぎ》を置いただけの簡素な作りだったが、奥に進むと小部屋があり、茶汲み女と遊ぶことが出来た。更に金子を払えば、二階に上がって豪勢に刻《とき》を過ごすことも思いのままであった。それらの水茶屋を取り仕切っているのが、《葉月《はづき》》の主で、神明前の元締と呼ばれている伊左衛門《いさえもん》であった。年は六十を僅かに過ぎたばかり位であろう。奉行所の与力同心に顔が利き、警動《けいどう》、即ち取り締まりがあるとしても、知らせも受けられるだろうから、秀治のような下っ端など相手にすることはなかったのだが、御用に働いているからと、訪ねて行けば会い、知っていることは教えもしてくれていた。

まだ、御用が煮詰まっている訳ではない。早いか、と思いはしたのだが、伊左衛門と甲太郎は、上州の出というところで繋がっている。駄目で元々、と秀治は繰り出して来たのである。

水茶屋《葉月》の奥に通された秀治が、膝を揃えて待っていると、伊左衛門がゆったりとした笑みを湛《たた》えながら座敷に入って来た。

「今日は何を?」

実は、と甲太郎と吉兵衛の名と悪行を明かし、何か噂話でも聞けたら、と訪ねて来たことを話した。

「そいつはご苦労さんだったたな」

甲太郎の方は、上州なんで名を聞いたことはあったが、と言っても本当に名だけで、それ以上何も知らないんだが、吉兵衛の方はまったくの初耳だ。おれも年かな、段々知らない者が多くなってきた。伊左衛門が鼻の脇に深い皺《しわ》を寄せた。

「だから、こうして秀治親分が聞きに来てくれて、新しい人の名などを聞かせてくれるのは嬉しいんだよ。この稼業、余分なことを知っていないと、寝首を掻《か》かれるからな」

「元締は何でもご存じなので、お邪魔ではないかと思って、少し腰が引けていたんでございます。お役に立てたのなら、来た甲斐がございましたが、親分は勘弁してください。下っ端ですので」

はは、と伊左衛門が声に出して笑った。

「まあ、いいさね」

若い衆が茶を運んで来た。

「酒の方が、よかったんじゃないか」

「まだ日が高いので、茶の方が」

「その律儀《りちぎ》さだ。忘れるんじゃないよ」

「へい」

「桐畑《きりはた》にいる五平《ごへえ》って、知っているか」

桐畑は増上寺の裏にある岡場所で、桐の畑の前にあるため、そのように呼ばれていた。

「名前だけは」

上州の出でな、と伊左衛門が言った。特別に甲太郎と親しいという訳ではないが、上州仲間として知っている程度だと思う。おれに甲太郎の名を教えたのが、五平だ。何か知っているかもしれないから寄ってみな。

ここを出て、三軒程南に行くと《塩《しお》や》という煎餅屋がある。そこの胡麻《ごま》煎餅が好物だから、持って行ってやんな。おれから聞いたと言えば、知っているなら、話してくれるはずだ。

「ありがとうございました」

秀治は深く頭を下げた。

「旦那からもらっているだろうから小遣いはやらねえが、御用に働いていれば金も掛かろう。困ったことがあったり、やめたいと思った時は、来い。食える道は作ってやる」

もう一度頭を下げ、秀治は《葉月》を辞した。

胡麻煎餅を求め、大横町へ戻って折れた。大名屋敷や馬場の前を通り、桜川《さくらがわ》を渡って、時の鐘の脇を抜け、桐畑へと出た。売女宿が四軒並び、端に番小屋が建っていた。開け放たれた戸の奥に、土間と囲炉裏《いろり》のある六畳程の板の間が見えた。宿に揉《も》め事が起きた時に呼び出される者が詰める小屋だった。五十半ばの五平は、そこにいた。

「甲太郎は十六、七、年下になるのかな。安中《あんなか》って、狭っ苦しい街道沿いの宿場の出だ。おれは中山道と日光例幣使街道《にっこうれいへいしかいどう》が分岐している倉賀野《くらがの》よ。奴は四里余(約十六キロメートル)の道を駆けて、倉賀野に遊びに来ていたって話だ」

「へい……」

「奴と親しかった訳じゃねえ。年が違うわな。知り合ったのは、ここ。江戸だ。同じ上州のもんだからと話しただけだ。どこで何をしているか、なんてことは知らねえ。身が保《も》たなくなったら来るか来ねえか、それは奴次第。おれの決めることではねえ。少なくとも、来いと呼びはしねえ。面倒はこりごりだからな。おれは桐畑を見ているだけでいいさ」

煎餅、ありがとよ、と紙の袋を僅かに持ち上げ、いつでも来てくんねえ、と言った。

「訪ねてくれるのもいいねえんだ。命を取りに来られるのは困るが、それ以外なら歓迎するぜ」

歓迎と口にしたのが可笑《おか》しかったのか、黄色い歯を剝《む》き出して笑うと、「赤坂の田町五丁目の続きに、ここと同じく桐畑ってあるな」

「へい」

「ここ芝青龍寺《せいりゆうじ》門前代地と他の二つの代地を合わせたところでな、食傷町《しよくしようまち》とも言う。麦飯《むぎいい》(五丁目の岡場所)同様売女宿がある。上州ものではないが、凶状持ちに詳しい亀蔵《かめぞう》ってのがいるから、そっちでもおれの名を出していいから、聞いてみな。舎弟《しやてい》のようなもんだ」

土取り場から霊南坂《れいなんざか》、榎坂《えのきざか》と行き、桐畑に着いた。

亀蔵は、やはり番小屋のようなところにいた。縁《ふち》の欠けた湯飲みで白湯《さゆ》を飲みながら現われ、ひやりとした目で秀治を見、

「悪いな」と言った。「おれは人の名も顔も覚えてられなくてな。役には立てそうもねえ。帰ってくれるか」

「承知しました。申し訳ござんせんでした」

無理には押さない。それが鉄則だ。秀治は目の光を消し、手土産の煎餅を差し出すと、深く頭を下げた。

「いいってことよ」

「では」

秀治は、一度も振り返らずに桐畑を離れた。亀蔵は使えない、と読んだからだった。奴は、俺のような者が、御用に働く犬が、嫌いなのだ。奴の目がそれを語っていた。だが、そういう奴に、五平は何故《なぜ》聞きに行けと言ったのか。伊左衛門の手前、己の口からは言いづらいから亀蔵に言わせたのか。だが、どうでもよかった。

あれこれ考えるには、秀治の足は疲れ過ぎていた。


《九兵衛店》に戻る途中、通りの先に地蔵橋が見えた時、秀治は、ふっと、寄ってみるか、と思わず知らず呟いていた。地蔵橋を北に渡った向こうの路地奥に、半年前まで紺屋町の長屋にいた時には、毎日のように通っていた居酒屋《半富《はんとみ》》があった。《半富》は、六十を越したばかりの老夫婦、半助《はんすけ》と富《とみ》が小女《こおんな》一人を置いて、季節の魚や青物を供する小体《こてい》な居酒屋だった。

そうとなれば、と秀治は足を止め、くるりと向きを変え、大伝馬町一丁目の横町に入り、菓子舗《名月堂》《めいげつどう》の暖簾を潜った。《半富》の夫婦は、ここの、麸《ふ》を、甘味を付けた味噌だれと生姜《しょうが》で煮染めたものを薄く切って干した《雪解》《ゆきどけ》という菓子が大の好物なのだ。

《半富》の腰高障子を開けるのは三月《みつき》振りになる。《雪解》を渡されて歓声を上げる富と、中暖簾の向こうから会釈する半助に応えながら、小上がりを見回すと、三人ばかりが顔を背《そむ》けた。

好かれちゃいねえ。

顔を背けられるのには慣れていた。

隅の板壁に背を当て、酒を飲み、練り物と大根の鍋を摘まんだ。練り物は本小田原町《ほんおだわらまち》の《相模屋》《さがみや》から仕入れたもので、牛蒡《ごぼう》や茹《ゆ》でた卵を芯《しん》に据えた練り物は、極上に美味《うま》かった。焼き豆腐をもらい、鍋の端に沈めていると戸が開き、男が二人入って来た。二人の足が止まり、また動いた。

秀治は杯とともに顔を起こし、男どもを見た。

二人と目が合った。

浅草御門から両国広小路に掛けて幅を利かせている香具師《やし》・鹿島《かしま》の岩五郎《いわごろう》の威《い》を借り、このところ伸して来た天秤《てんびん》の丑松《うしまつ》と、常陸の出の弥太郎《やたろう》とかいう弟分であった。

「兄《あに》い、こんなところにいたんですかい？」

「何か用か」

「そんなものはありませんが……」

丑松は後ろを振り返ると、弥太郎に、貫禄《かんろく》が違う、と言った。

「お前はもういいや。帰れ」

「ええっ」と一瞬嘆《なげ》いて見せたが、このような仕打ちに慣れているのか、弥太郎は頭を下げると、飛び出して行った。

「騒々《そうぞう》しくて済みません。長居はいたしません。少しの間、よろしいですか」

「そう下手《したて》に出られたら、嫌とは言えねえな」

二つ名の天秤が表すように、事と次第によっては、敵になることも味方になることもある男だった。追い払い、憎まれることはない。

丑松は酒と肴《さかな》を頼むと、

「久し振りでやすね」と言い、続けた。「これでも随分《ずいぶん》と顔が広くなりやした。何か、お役に立てることはござんせんか」

「お前さん、そんなに料簡《りようけん》のいい男だったか」

酒と小魚の煮浸《にびた》しが来た。丑松は、嫌だな、と言いながら、杯に二つ酒を飲むと、煮浸しに箸《はし》を伸ばし、

「兄ぃのお役に立てれば、と思っただけでやすよ」

「ありがとよ」

頭を下げ、銚釐《ちろり》を差し出し、丑松の杯を満たしたが、甲太郎と吉兵衛の名を出そうとは思わなかった。地蔵橋辺りは丑松が顔出しする場所ではなかった。縄張り違いである。その丑松がどうしてここにいるのか。俺を見付けた時に発した、こんなところにいたんですかい？　という言葉も、考えてみればおかしい。俺を探していなければ、出て来ない言葉だ。

「切羽《せつぱ》詰まったものは抱えちゃいねぇから、安心してくれ」

「何かあったら、いつでも言ってください。御用の役に立てれば、鼻が高いってもんですので」

「そうかい」

銚釐の酒をもう二つ注いだ。丑松が杯を干した時、《半富》の店の前辺りから盛大なくしゃみが聞こえた。

「思い出したんですが、兄ぃがどこにいるか、訊かれたもんがいるって話を小耳に挟みました」

「訊いたのは？」

「俺じゃねえんで、分かりません」

「訊かれたのは？」

「……誰だったか。俺はそいつらに背を向けて、相談事をぶってたんで」

「大したことではないだろうよ」

売られたな、と秀治は思った。途端《とたん》に酒が覚めていった。

俺はここにいた、と弥太郎が走り、さっきのくしゃみは戻って来た合図だろう。俺を探している者がいると口にしたのは、後で疑われた時に、知らせたのですが、と言い訳するためだ。となれば、《半富》は囲まれていると思った方がいい。

「俺はもう少し一人で飲みたいので、悪いが……」

顔の前に片手を立て、拝《おが》む真似をすると、丑松はそそくさと帰って行った。

秀治は鍋の底に沈んでいた大根と焼き豆腐を摘まみながら、どうやって逃げ切るかを考えていた。二階から庇《ひさし》に出、隣家の木に飛び付くか。己が猫のように動けるか、自信はなかった。さてさて、と別の手を思案《しあん》していると、小上がりにいた五人連れが立ち上がった。帰るらしい。五人か、と思った瞬間、策が浮かんだ。

「済まねえ」

秀治は五人に声を掛けた。酒代は俺が持つ。頼まれちゃくれねえか。実は、と秀治が話したのは、次のようなことだった。

借金取りに、ここで飲んでいることがばれちまった。何人かで外で待ち伏せされているらしい。そこで頼みだ。兄さん方五人、中にあっしがいるような振りをして固まって外に出て、一町程走ってくれねえか。やることは、それだけでい い。灯《あか》りの下に出たら、顔を晒してくんない。俺はその間に裏から出て、走りに走って逃げちまうんで。頼めるかい？　飲み代で足りなかったら、金を出そう。

懐に手を潜《もぐ》り込ませていると、待ちねえ、と五人組の一人が言った。

「酒代で十分だ。お互い様ってもんだからな」

他の四人が、おうっ、と唸《うな》った。

秀治が厨房に入ったのを合図に、五人が外に飛び出した。遠ざかって行く足音が聞こえた。と同時に店の戸が乱暴に開けられ、入って来た男が叫んだ。

「いねえ、逃げやがった。あの中だ。追え」

一本松の元吉の声だった。誰かが、入って来た。

「丑松、行くぞ」元吉が言った。

「へい」

富が戸を閉めた。秀治は固辞《こじ》する富に金を握らせ、心張《しんば》り棒《ぼう》をもらい受け、裏戸から抜け出した。見張りがいたらしいが、元吉らを追ったのか、誰もいなかった。

とは言え、いつ戻って来て、追い掛けられるか分からない。秀治は心張り棒を握り締めて、裏路地を縫うように走り、小舟町《こぶなちょう》に向かった。

三

二ツ森伝次郎の孫の正次郎は、奉行所の各職掌《しょくしょう》の仕事を覚えるために、一月の頭から高積見廻《たかづみみまわ》りに配されていた。高積見廻りは、荷の積み下ろしに違反や乱暴な振る舞いがないか、荷を規定より高く積み上げていないかを見回り、取り締まることを役目としていた。それ故、荷揚げの現場である河岸を中心に見回ることが多かった。

この日正次郎は、伊勢町堀が鉤《かぎ》の手に曲がる道浄橋《どうじょうばし》の北詰に立ち、小舟町の西に延びる河岸を見ていた。俗《ぞく》に、小舟河岸、鰹《かつお》河岸と言われている河岸である。先輩同心である梶山文之進と中間を供に市中の見回りに出たのだが、梶山は、付届を頂戴している商家に呼ばれたので、後刻品川町《しながわちょう》裏河岸で落ち合おうと約して二手に分かれたのである。品川町裏河岸は、一石橋と日本橋の北側にある河岸で、北河岸とも釘店《くぎだな》とも呼ばれていた。

正次郎が小舟河岸を見ていたのは、意味があってのことではない。昼に食うものは、店も品も決めていた。正次郎の足を止めていたのは、河岸を行く者の多さである。

ようもあれだけの数の者が、ぶつかりもせず、行き交《か》うものよ。

しかも、今頃の人出は、まだ少ないのである。明け方など、舟が次々と着き、荷下ろしの人足どもが我先に荷を運ぼうと怒鳴り合い、それこそ蜂《はち》の巣を突《つつ》いたような騒ぎなのである。

ふうっ、と息を吐きはしたが、正次郎は高積見廻りという役目を気に入《い》っていた。『御仕置裁許帳《おしおきさいきょちょう》』の補修という根気の要る退屈な作業をしなければならない例繰方《れいくりがた》と比べると、天と地の差である。

こうして外に出られるしな。

にんまりと笑った時、小舟河岸の人混みの中を縫うように歩み来る男に目が行った。秀治だった。

張り詰めた顔をして、辺りをそっと見回しながら歩いていた。心張り棒を握り締めている。

どうしようか、と一瞬迷ったが、正次郎は秀治の方に歩み寄った。

「若旦那……」

秀治は足を止めると、口の中で呟いた。

＊＊＊＊＊＊＊＊＊＊＊＊＊＊＊＊＊＊＊＊＊＊＊＊＊＊＊＊＊＊＊＊＊＊＊＊

構想覚え書き

高積見廻りの正次郎　正次郎と秀治　朝飯

酒井家下屋敷へ。

「深川に丹後国の牧野様の下屋敷があるだろう？　あそこに上州者が来ていると聞いた。おとついのことだ」

新大橋を渡り、小名木川に架かる万年橋を越えたところにある丹後田辺藩の下屋敷であった。

賭場

花街

夕刻　酒場

○二月十三日

下屋敷を見張りに長屋を出る。

読者のみなさまへ

二〇二〇年十一月、長谷川卓先生は本作の執筆中に逝去されました。

力強く応援いただいた読者のみなさまに長谷川卓先生の最後の作品をお届けしたく、ご遺族と相談し、未完のままではございますが、御闘病の間に書きためておられたお原稿の全文を刊行させていただくこととなりました。

故人のご冥福を心よりお祈りいたします。

祥伝社　文庫編集部

あとがきにかえて

佐藤《さとう》亮子《りょうこ》

本書を著した長谷川卓《はせがわたく》(本名　佐藤春夫《さとうはるお》)は、令和二年十一月四日、七十一歳で眠るように息を引き取った。家族と多くの心優しき友に見送られ、晴れやかな初冬の空に還っていった。

病気は悪性リンパ腫《しゅ》だった。再発、再々発、さらにまた再々々発と、繰り返し襲い来るがん細胞の増悪《ぞうあく》に、本人も家族も、心折れそうになる日が幾度となくあった。それでも、落ち込んでいてもはじまらない、なるべく毎日楽しくしよう、と約束しあい、熱く応援して下さる読者の皆様の声を支えとし、ともに駆け抜けた日々だった。

三年四ヶ月に及ぶ闘病生活中、体調が安定している時期は、せっせと病室で執筆を続けた。書きたいことがあふれ、書かずにはいられなかったのだ。「書きたい」という思いは、生きる力そのもののようであった。

本人の記した闘病記が『嶽神伝 風花』（講談社文庫）巻末に掲載されている。亡くなった直後は、つらくて読み返すことが出来なかった。時を経《へ》て読み返してみると、常に前向きで、お茶目でおもしろく、まろやかな笑顔を絶やさなかった夫の姿が目に浮かんだ。

作家の日常に接する人は、非常にまれだ。まれな職業であるだけに、実際の彼らの日常はどんなものなのか、想像をたくましくする人も多かろう。

私が人生をともにした作家・長谷川卓は大酒飲みの無頼《ぶらい》派でもなければ、歴史に残る偉人でもない。ごくごく普通に、市井《しせい》に暮らしていた、かなりひょうきんなおじさんだった。とは言え、普通の人にはない、変なエピソードが非常に多い。ネタには事欠かないので、機会があれば、妻から見た作家の毎日を書いてみたいと思う。

「戻り舟同心」シリーズには、最も本人のキャラクターに近い人物たちが登場している。執筆中も、「これほど書きやすいものはないんだ。悩まなくっても、ふと思いついた自分の言葉が、そのまま使えるんだよ」とよく言っていた。楽しんで書いていたことは、間違いない。

●元祖・二ツ森伝次郎《ふたつもりでんじろう》

夫がこの世に生を享《う》けたのは、昭和二十四年（一九四九）、終戦間もない頃である。二人兄弟の次男で、兄は三つ年上である。戦時中、中国にいた両親は、お腹に兄を抱えたまま、命からがら日本への引き揚げ船に飛び乗ったそうである。

一家は小田原《おだわら》にあった祖父母の家作《かさく》に居《きよ》を定《さだ》め、そこで夫が生まれたわけだが、幼稚園に上がる前に東京の世田谷《せたがや》区に引っ越してしまったので、ほぼ東京育ちである。映画でおなじみとなった『三丁目の夕日』の世界が、彼を取り巻く世界だった。

身体が弱かった兄と比べると、ともかくよく食べ、よく飲み、大小便も多い赤ん坊で、義父《ちち》の言葉を借りると、「こいつぁ、生まれた時からずっと垂れ流し」だった。毎日、至極《しごく》健康的に大量のよだれを垂らしていたという。義母《はは》はガーゼを何枚も重ねて、手縫《てぬ》いのよだれかけを作っていたが、あっという間にベショベショになったそうである。今に残る幼児期のアルバムの一頁《ページ》目には、よだれをだらだら流しながらニコニコ笑っている赤ん坊のアップが貼《は》り付けられている。

このだらだらベショベショ話を、結婚の挨拶《あいさつ》に、と静岡県清水《しみず》市（現静岡市清水区）の実家に来てくれた義父が、開口一番しゃべり出し、そこから二時間にわたり、とうとうたぁらり、と本人が赤面必至《せきめんひっし》のエピソードを次々と披露《ひろう》してくれ、私と実家の父は笑い転《ころ》げ、しまいにはおなかの皮がよじれて痛くなってしまった。

最後の最後になって、まだ結婚について何も話していないことに気が付いた義父は、

「あ、よろしくね」

とだけ言って、手を振りながら、飄々《ひょうひょう》と去って行った。

そんな具合で、私たちは大笑いしながら結婚することになり、静岡の地に根を下ろした。

舅《しゅうと》との出会いは、しょっぱなからこんな具合で、全く緊張するヒマもなかっ

たが、これほど楽しいお父さんに育てられたのなら、と安心もした。この舅、主人に輪をかけて変わった人で、陽気で話術がたくみで、今思い出してもおもしろい人だったのだが、ともかく口が悪い。歯に衣《きぬ》着せぬ鋭《するど》い舌鋒《ぜっぽう》で、常に威勢《いせい》が良い。よく知り合いの人を引き合いに出しては、「あのじいさんが、……しゃぁがって」などと言っていたが、たいていは、相手の方が自分より大分《だいぶ》若く、じいさん呼ばわりをするのはお門違《かどちが》いなのだった。好き放題に放言《ほうげん》はするものの、ひとたび自分の誤《あやま》りに気付くと、何のこだわりもなく、あっさり頭を下げる。常に自分が一番、のような顔をしているが、優《すぐ》れた人物に出会えば、素直に感動し、大いに褒《ほ》める。その点、「戻り舟同心」の主人公二ツ森伝次郎を彷彿《ほうふつ》とさせる人物だった。

主人も、テレビに向かって悪態をつくなどは日常茶飯事《さはんじ》だったが、自分は決して「親父《おやじ》には似ていない！　あんなにひどい奴じゃないし、ほんと、全然似てないんだから！」と、かたくなに主張していた。

結婚したその年、前年に亡くなった、私の母の日本画遺作展を静岡で開くことになった。

母は、美大出身というのではなかったが、私が大学生になった頃から日本画を習いはじめ、その後、めきめきと上達し、亡くなる直前には、プロとして一号いくら、という値段がつくところまでいっていた。身体の弱い人だったが、描くことに夢中になり、朝から晩まで描いていた無理がたたり、脳梗塞《こうそく》で急逝《きゅうせい》してしまった。

かなりの量の作品を描きためていたので、それらをまとめて展示し、追悼《ついとう》画集および追悼文集を出版することになった。これら出版物の校正その他を一手に引き受けてくれたのが、新婚間もない夫であった。

遺作展は、静岡県立美術館の県民ギャラリーで一週間にわたって行われた。東京から舅も早速来てくれた。大変ダンディーな人で、洒落《しゃれ》たダブルの背広を着ており、思わず見惚《みほ》れてしまうほどだったが、主人は、長時間一緒にいると、また妙なことを言い出すに違いない、とっとと帰らせるに越したことはない、とそそくさと送り出してしまった。

少々残念だったが、ともかくこちらは毎日会場に詰めて、いろいろな方にご挨拶をしなければいけないので、その日はそのままになったのだが、実は翌日、また義父がやって来たのだ。

　東京の有名なシュークリームのお店のものだ、と大きなお菓子の箱を下げて、会場に入ってきたので、私もびっくりしたが、わざわざ二度も足を運んでくれるなんて、と嬉しくなった。会場に詰めている私たちのおやつに、とふと思いついて買ってきてくれたそうだ。

　ところが、である。ちょうど義父が到着する直前、食事に行ってくる、と会場を出たばかりの夫が、義父の後ろから、何やら青ざめた顔をしてついて来ているではないか。

　ひとしきり歓談して、バスに乗る舅と別れた後、どうかしたのか、と聞いてみた。

「いやぁ、びっくりしちゃったよ！　バスに乗ろうとしたら、中から《俺》が出てきたんだよ！」

「はぁ？」

　何を言っているのか、わからない。詳しく聞いてみると、美術館前から発車するバスに乗ろうとタラップを上がりかけたら、中からちょうど降りようとしていた義父とばったり出会った、ということだったのだ。

どこかで偶然、親と出会うというのも、ないわけではない。何をそんなに驚いているのだろう。

「親父は昨日来たから、今日は来るはずがないと思って、安心しきっていたら、いきなり自分と同じ顔が目の前にあったんだよ。ドッペルゲンガーかと思っちゃったよ！」

と、口角《こうかく》泡を飛ばす勢いで話す。それまで「親父と俺とは正反対。モノが違う！」などと豪語していた本人にとっては、まさに驚天動地《きょうてんどうち》の体験だったらしい。「自分と同じ顔」と咄嗟《とっさ》に思った瞬間に語るに落ちたわけなのだが、傍《はた》から見ると、この親子、性格も姿かたちも、本当によく似ていた。まさにダブル伝次郎である。

二人とも、ある意味八方破《はっぽうやぶ》れで、世間の思惑《おもわく》など歯牙《しが》にもかけない。それでいて、情にもろく、人のためになることなら、少々自分が大変でも、へとも思わず突進する。口は悪いが、根は素直。味方にすれば、千人力《せんにんりき》である。

今は亡き義父の口の悪さも、情の厚さも、懐《なつ》かしく思い出される。その姿は、そのまま「戻り舟同心」に生きているのだ。

●食いしん坊一代・正次郎《しょうじろう》

ある女子大の学外向けカルチャーセンターで、英会話可能なアルバイトの募集があった。なんでも外国人の講師が外国人の生徒に講義するという企画で、この運営にたずさわる人を、というものだった。アメリカにうっかり五年も居座って、日本に帰国したばかりで無職だった私は、高めの時給につられて応募した。

そこで出会ったのが、カルチャーセンターの企画室長を拝命《はいめい》していた夫なのだが、当初は私の勤務時間とはかけ違っており、直属の上司も別にいたので、ほとんど接点がなかった。初めて夫の存在を意識するようになったきっかけは、「歴史読本」である。

バイトの夜勤の際、近くの中華料理店さんから出前を取ってもらえるというので、

（大学のバイトって、ずいぶん待遇《たいぐう》が良いんだなぁ。夕食を経費で食べられるな

んて、豪勢《ごうせい》だ）

と、早速ラーメンを注文した。食べ終わったら、ちょっと本を読もう、と買ったばかりの「歴史読本」を脇に置いた。確か、特別号の「世界歴史読本」で、「世界の女王列伝」みたいなものだったと思う。

元々歴史好きの私だったが、アメリカにいる間、こんなおもしろいシリーズが出ているとは知らなかったので、この頃、むさぼるようにして次々と読んでいた。「世界の女王列伝」は発売されたばかりのもので、まだ一頁も読んでいなかった。

「あ、これ！　まだ読んでないんだ。ちょっと、貸して！　コピーさせて～！」

見ると、ひょうきんそうなおじさんが、ニコニコしながら立っている。おじさんは、私の手から軽《かろ》やかに「歴史読本」を取り上げて、返事も待たずにコピー機に駆け寄って、ガーガー、コピーを取りまくった。

一瞬あっけに取られ、せっせとコピーを取っている姿を呆然《ぼうぜん》と見つつ、ラーメンをすすった。

さんざんコピーを取って満足したおじさんは、「はい、ありがとね」と「歴史

読本」を持って来てくれたが、

「この店のは、力《ちから》そばが一番美味《おい》しいんだよ。次からは力そばにしなね」

と、言った。

ヘンな人がいるなぁ……。

作家の収入だけでは心許《こころもと》なく、大学の職員や教員を表の稼業《かぎょう》とする作家は多い。夫も、その一人だったわけだが、生来《せいらい》のほほんとしているのか、出世する気もなかったのか、すっかり職場を自分の遊び場にし、好き放題していた。

職務に関係ないが、自分的にはおもしろい資料を大学のコピー機でコピーしたり、ラジカセを持ち込んで、好きな曲をいきなり録音していたり、トイレに行っては長々と居座って、広々とした洗面所スペースでいい調子になって大声で歌を歌っていたりで、ほぼ傍若無人《ぼうじゃくぶじん》である。

上司を上司とも思わず、理事長先生を恐れ敬《うやま》うどころか、ちょうど良いからかい相手がいる、とばかりに、なれなれしく寄って行き、ああだこうだと言いまくる。理事長先生は、夫の言動に目を丸くしながらも、どうも夫のことを憎めなかったようで、ずいぶん相手になってくださったようだ。

大学職員にあるまじき自由奔放《ほんぽう》さなのだが、なぜか誰からも恨《うら》まれず、怒られもせず、それどころか、大いに人気があった。食いしん坊なので、「おむすびがあるよ～」や「チョコレートあげる～」の声に、「はい、はい、はい、はい」とちょこまかデスクを飛び回って、餌付《えづ》け（？）されて喜んでいた。

後に夫から聞いた話だが、大学時代の恩師の河竹登志夫《かわたけとしお》先生にも、ことのほか可愛《かわい》がっていただいたそうだ。夫の友人が立ち上げ、夫も企画協力していた小さな出版社の第一作は、是非先生に、と頼み込み、『先駆ける者たちの系譜』（冬青社）という上製本を出版している。本のタイトルも、ちゃっかり夫が決めてしまったらしいし、出版社の名前も、夫が命名してしまったものである。ちなみに、「冬青」というのは、モチノキの異称である。

河竹先生は、河竹黙阿弥《もくあみ》の曾孫《ひまご》に当たられ、近現代の演劇史研究では超有名な先生だ。それこそ気安く声を掛けるのもためらわれるような著名人なのだが、夫と同様食いしん坊で、自ら包丁を取られたりする。あっちだ、こっちだ、と二人で食べ歩いていたらしい。

さて、その後も観察を続けたわけだが、相変わらず昼食時はあちこちで餌付けされている。トイレに行くと言っては二十分くらい帰って来ず、そのうち遠くの方から歌声が聞こえてくる。職員一同、慣れ切っているのか、

「また、歌ってるよ〜」

と、笑っていた。職員の誰もが、この陽気な食いしん坊がともかく好きだった。一緒にいる空間が、なんとも心地よいらしい。

こんなヘンな人、ちょっといないぞ、とおもしろがって、せっせと観察を続けるうちに、ああ、こういう融通無碍《ゆうずうむげ》の人、私、好きなんだな、と思うようになった。そのうち、用もないのに目で追うようになった。見れば見るほど、ウキウキしてしまい、顔に締まりがなくなる。あろうことか、「理想が服着て歩いていた」とまで思い入れてしまった。どうも、理想が服着て、おやつを求めてうろうろしているようでもあったのだが。

今思えば、二ツ森伝次郎の孫・正次郎は、若い頃の夫そのものであった。

何故正次郎が食いしん坊なのか。書き手が食いしん坊だからである。

勘の鋭さは伝次郎ゆずりの孫・正次郎。お調子者で、伝次郎より世間知があるようにも見えるのだが、こすっからいところは皆無《かいむ》で、根っから素直である。そ

のため、鍋寅《なべとら》はじめ、爺《じい》さん婆《ばあ》さんたちに絶大な人気がある。若い女性にもてるか、と言うと、少し首をひねらざるを得ないが、その気性《きしよう》を愛され、次第に隼《はや》とも親密になっていく。

自他《じた》ともに認める食いしん坊で、食い物に対する勘がこれまた鋭く、永尋詰《ながたずねつめ》所《しよ》で食べ物を用意していると、ひょいと顔を出す。詰所をあずかる近《ちか》など、正次郎に食べさせるのを生きがいにしている節《ふし》さえ見受けられる。この辺《あた》り、職場のお昼時に喜々《きき》としてお菓子をもらって回っていた夫の姿が垣間《かいま》見え、今読み返してみても、微笑《ほほえ》まざるを得ない。

伝次郎を書くのも楽しかったようだが、正次郎はまた格別に楽しかったのかもしれない。

『更待月《ふけまちづき》』の執筆途中のことである。この本は、短編集でいこう、となり、思いつくままに好きな短編を書いていたのだが、一冊にするには、もう少し分量が足りない。ところが、そのためのアイデアがなかなか出て来ない。うんうん唸《うな》っていた夫が、

「何か、いいネタないの？　考えなさい」

と言い出した。わがままな作家である。

そこで、

「正次郎とお母さんの伊都《いと》さんがお出掛けして、何かちょっとした事件に出会うんだけど、二人で解決しちゃうっていう話を読みたいな」

と言ってみたところ、夫の目がかっ、と開き、

「その手があったか！」

と慌《あわ》てて仕事机に駆け戻り、すぐさま書き始めた。どうやら、「正次郎と伊都」と言ったところで、イメージが浮かび上がり、あっという間に話が出来てしまったらしい。

「とても言えない」（『戻り舟同心　更待月』所収）は、こうして書き上げられたのであった。後に書かれた「浮世《うきよ》の薬《くすり》」（『新・戻り舟同心　雪のこし屋橋』所収）も、正次郎と伊都のコンビが活躍する。伊都さんが、型どおりの武家の妻女らしからぬ不思議な味わいを増しているのが、何とも言えない。

●生真面目《きまじめ》人間・新治郎《しんじろう》

新治郎は、几帳面《きちょうめん》である。いろいろなことに常に目を配っている。物堅《ものがた》い、というのはこういう人を言うのだろう。伝次郎を反面《はんめん》教師として、ああはなるまい、と心に決めて成長してきたであろう新治郎の若き日が思い起こされる。調《しらべ》書《がき》も微《び》に入《い》り細《さい》に入り、で、抜けがない。上司の信頼も厚い。が、伝次郎に比べると、おもしろみに欠けるようにも見える。

新治郎が生真面目なのは、家の存続がその肩に掛かっているからだ。一度は引退し、その後も好き勝手にやっている伝次郎や、まだ代を継いでいない気楽さがある正次郎にはない重圧を、常に感じているに違いない。それをまた誇りとしてもいるのだろうが、わがままな親父の言動が、二ツ森の家を傾かせるのではないか、といつもヒヤヒヤしている。気の毒に。

実は作者にも、新治郎的な一面がある。怖がりで、細部にまで目がいってしまう神経質なA型気質なのである。本人も、自分ほど生真面目でしっかりした人間はいない、と思い込んでいた節がある。伝次郎のような父親を見るにつけ、「俺はまともだ」と自分に言い聞かせてきたのではなかろうか。

普段は、天衣無縫《てんいむほう》な伝次郎・正次郎キャラのように見える夫だが、いざ小説の構成を考えようとする時は、とてつもなく細かく、緻密《ちみつ》になる。

設定資料などを見返してみると、全てのキャラクターについて一覧表が作られており、何年にはこの人はいくつ、あの人はいくつ、その頃あった実際の出来事はこれこれ、設定上の出来事はこれこれ、とチマチマ下手《へた》な筆でたくさん書き込んである。この作業を始めると、脇目も振らない。おもしろいものである。

闘病中も、毎日の薬服用に際しては、薬の袋に一覧表を書き入れてチェックを励行《れいこう》する。毎日三食を写真撮影し、夕方にまとめてメッセージアプリで私と娘に報告するのを日課としていた。その上に、毎日書きためた闘病記録を、一、二週間分まとめてメールしてくる。私のように横着《おうちゃく》な人間には、とても真似《まね》が出来ない。

ともかく、何でも自分の手で書くのが基本なのである。

書くことから離れないようにするための工夫の一つでもあったのだと思う。書き手は、書かない期間が長くなればなるほど、思ったように書けなくなるものだからだ。

今思えば、この几帳面さは、ひょっとしたら義母ゆずりなのかもしれない。特に趣味もなく、おとなしい義母だったが、大量の写真を美しく並べて、アルバムに収めていくのが楽しくて仕方がなかったようで、実家には義母の丹誠《たんせい》したアルバムが山のようにあった。何でもファイルしてきっちり分けるのが好きで、私が書き散らした手紙も、整然とファイルブックに収められているのを見た時には、仰天《ぎょうてん》した。これではうっかり迂闊《うかつ》に乱筆《らんぴつ》で書くわけにいかないではないか。

こう書くと、ずいぶんしっかり者の義母に見えるが、案外《あんがい》飄々としているところもあり、ちょっと新治郎の妻の伊都さんに似ていなくもない。「浮世の薬」のラストで、伊都さんが言っている台詞になるほどな、と頷いてしまうのだが、うちの義母も、一種世間離れした不思議な雰囲気を醸《かも》し出している時があり、やはりあの義父の妻で、長谷川卓の母だな、と思うことがあった。ずいぶん遠慮のない嫁《よめ》だが、それもこれも、二人に可愛がってもらったからだろう。してみると、私も、立派な伝次郎ファミリーの一員なのだ。

不思議なもので、あれほど緻密に構成して几帳面に仕事に向かっているというのに、なぜか後先考えず、多分こっちだろう！　で走り出した方が、筆の調子が良い。設計図に沿って書こうと構えると、逆に肩に力が入ってしまうのか、うまく前へ進めない。むしろ、細かいことは後で直せ、とりあえずこっちだ！　と走り出した方が、キャラクターたちも自在に動き出すようだった。

新治郎的几帳面さは、設計図作りに主《おも》に発揮され、伝次郎的エネルギーは書く原動力に、そして正次郎的バランス感覚をもって、物語の舵《かじ》取りをしていったのではないだろうか。人間は多面的なものだが、夫の中にあったこの三人のキャラクター性が、実はさまざまな物語を紡《つむ》ぐ内なる力になっていったように、私には感じられる。

一度出版したものでも、重版や再版の折があれば、「やれ有り難《あがた》い、直しの機会がもらえた！」と、徹底的に見直しをする。その度《たび》に付き合わされる我々家族もたまったものではなかったが、本人が直したい、もっと良くしたい、確認するのにつきあって、と言い出せば、ブツブツ言いながらも仕事を手伝うのが我が家の常態だった。納得いくまでやりたい、という思いは理解できたし、何と言われようと、やる時はやるのである。音楽や舞台のような一過性《いっかせい》の芸術では、本番で失敗したら全てが水の泡だが、その点小説は、修正の機会を得られやすい。今書ける最高のものを追い求めたい。入院中でも直したい、と言われれば、家族も精一杯協力するしかない。おかげで、最後の最後まで、夫の作品に伴走《ばんそう》し続けることが出来、これはこれで果報《かほう》だった、と思うのである。

たくさんの、まだ形にならぬ物語が、メモの形で遺されている。天国で新たに構想を広げ、書き続けている、と信じていたい。

最後になったが、夫の闘病生活を最後まで支えてくださった医療従事者の皆様方に、この場を借りて改《あらた》めて御礼申し上げたい。皆様の慰《なぐさ》めと励《はげ》ましのお言葉に、どれほど夫は救われたかわからない。おしゃべり好きな夫につきあって、たくさんの笑いと微笑みを下さったお一人お一人に、いつも支えられていた入院生活だった。苦しみ、時にこらえ切れずに涙した日、皆様の献身《けんしん》にどれほど勇気づけられたことか。言葉に尽くせぬ感謝の意をここに記しておきたい。

また、夫のさまざまな著作に関わって下さった諸編集者の方々にも、家族一同より御礼申し上げる。皆様の情熱と、きめ細やかなご支援なしには、長谷川卓という作家は、その翼を広げて思うがままに書き続けることは到底出来なかっただろう。支えて下さった多くの手に、深い敬意を。

令和三年三月　静岡にて

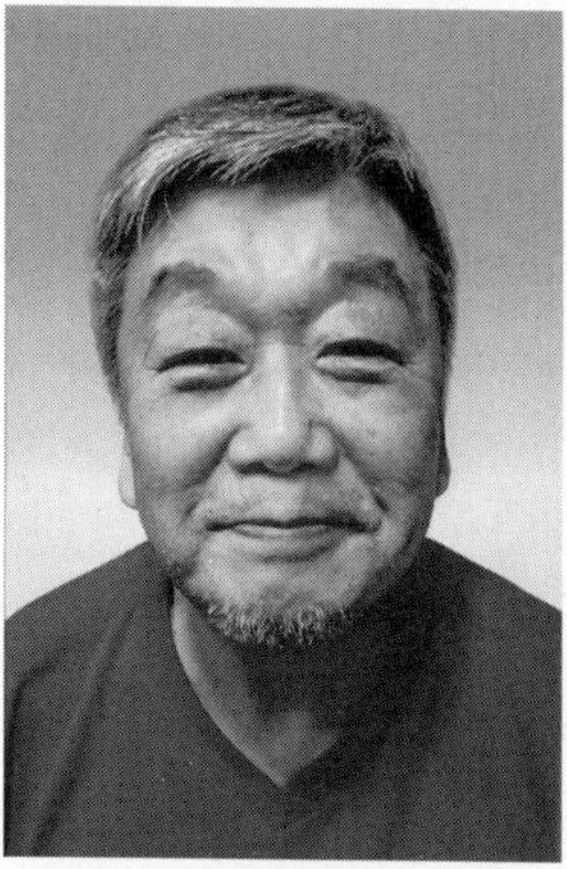

2016年7月、自宅にて撮影

清水湊を散歩中の一葉

鳶

一〇〇字書評

切・り・取・り・線

購買動機（新聞、雑誌名を記入するか、あるいは○をつけてください）

□（　　　　　　　　）の広告を見て	
□（　　　　　　　　）の書評を見て	
□ 知人のすすめで	□ タイトルに惹かれて
□ カバーが良かったから	□ 内容が面白そうだから
□ 好きな作家だから	□ 好きな分野の本だから

・最近、最も感銘を受けた作品名をお書き下さい

・あなたのお好きな作家名をお書き下さい

・その他、ご要望がありましたらお書き下さい

住所	〒				
氏名		職業		年齢	
Eメール	※携帯には配信できません		新刊情報等のメール配信を 希望する・しない		

この本の感想を、編集部までお寄せいただけたらありがたく存じます。今後の企画の参考にさせていただきます。Eメールでも結構です。

いただいた「一〇〇字書評」は、新聞・雑誌等に紹介させていただくことがあります。その場合はお礼として特製図書カードを差し上げます。

前ページの原稿用紙に書評をお書きの上、切り取り、左記までお送り下さい。宛先の住所は不要です。

なお、ご記入いただいたお名前、ご住所等は、書評紹介の事前了解、謝礼のお届けのためだけに利用し、そのほかの目的のために利用することはありません。

〒一〇一－八七〇一
祥伝社文庫編集長　坂口芳和
電話　〇三（三二六五）二〇八〇

祥伝社ホームページの「ブックレビュー」からも、書き込めます。
www.shodensha.co.jp/
bookreview

祥伝社文庫

鳶《とび》 新《しん》・戻《もど》り舟同心《ぶねどうしん》

令和 3 年 4 月20日 初版第 1 刷発行

著 者 長谷川《はせがわ》 卓《たく》
発行者 辻 浩明
発行所 祥伝社《しょうでんしゃ》
東京都千代田区神田神保町 3-3
〒101-8701
電話 03（3265）2081（販売部）
電話 03（3265）2080（編集部）
電話 03（3265）3622（業務部）
www.shodensha.co.jp
印刷所 堀内印刷
製本所 ナショナル製本

Printed in Japan ©2021, Ryoko Sato ISBN978-4-396-34722-2 C0193

祥伝社文庫の好評既刊

長谷川 卓 **百まなこ** 高積《たかづみ》見廻り同心御用控①

江戸一の悪を探せ。絶対ヤツが現われる……南北奉行所が威信をかけて、捕縛を競う義賊の正体とは？

長谷川 卓 **犬目《いぬめ》** 高積見廻り同心御用控②

江戸を騒がす伝説の殺し人〝犬目〟を追う滝村与兵衛《たきむらよへえ》。持ち前の勘で、真実を炙《あぶ》り出す。名手が描く人情時代。

長谷川 卓 **目目連《もくもくれん》** 高積見廻り同心御用控③

殺し人に香具師《やし》の元締、謎の組織〝目目連〟が跋扈《ばっこ》するなか、凄腕同心・滝村与兵衛が連続殺しの闇を暴く！

長谷川 卓 **戻り舟同心**

齢《よわい》六十八で奉行所に再出仕。ついた仇《あだ》名《な》は〝戻り舟〟。「この文庫書き下ろし時代小説がすごい！」〇九年版三位。

長谷川 卓 **戻り舟同心 夕凪《ゆうなぎ》**

「二十四年前に失踪した娘が夢枕に立った」——荒唐無稽《こうとうむけい》な老爺《ろうや》の話を愚直に信じた伝次郎。早速探索を開始！

長谷川 卓 **戻り舟同心 逢魔刻《おうまがとき》**

長年子供を拐《かどわ》かしてきた残虐非道な組織の存在に迫り、志半ばで斃《たお》れた吉三。彼らの無念を晴らすため、命をかける！

祥伝社文庫の好評既刊

辻堂 魁
神の子 花川戸町自身番日記
浅草花川戸の人情小路に暮らす人々の健気で懸命な姿を、自身番の書役可一の目を通して描く感涙必至の時代小説。

辻堂 魁
女房《めと》を娶らば 花川戸町自身番日記
夫を想う気持ちは一所懸命――大切な人を健気に守ろうとする妻《おんな》たちを描いた至高の時代小説。

西條奈加
御師弥五郎《おんしやごろう》 お伊勢参り道中記
無頼の御師が誘う旅は、笑いあり涙あり、謎もあり――騒動ばかりの東海道をゆく、痛快時代ロードノベル誕生。

西條奈加
六花落々《りっかふるふる》
「雪の形を見てみたい」自然の不思議に魅入られて、幕末の動乱と政に翻弄された古河藩下士・尚七の物語。

西條奈加
銀杏《ぎんなん》手ならい
手習所『銀杏堂』に集う筆子とともに成長していく日々。新米女師匠・萌の奮闘を描く、時代人情小説の傑作。

門井慶喜
家康、江戸を建てる
湿地ばかりが広がる江戸へ国替えされた家康。このピンチをチャンスに変えた日本史上最大のプロジェクトとは!